红军的故事丛书

石破天惊

吴钢　编著

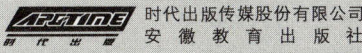

时代出版传媒股份有限公司
安徽教育出版社

图书在版编目（CIP）数据

石破天惊 / 吴钢编著. —合肥：安徽教育出版社，2020
（红军的故事丛书）
ISBN 978 - 7 - 5336 - 8867 - 7

Ⅰ.①石⋯　Ⅱ.①吴⋯　Ⅲ.①革命故事－作品集－中国－当代
Ⅳ.①I247.81

中国版本图书馆 CIP 数据核字（2019）第 056150 号

石破天惊
SHIPO-TIANJING

出 版 人：费世平
质量总监：姚　莉
责任编辑：周　佳
美术编辑：吴亢宗
装帧设计：观止堂_未氓
责任印制：王　琳

出版发行：时代出版传媒股份有限公司　安徽教育出版社
地　　址：合肥市经开区繁华大道西路 398 号　邮编：230601
网　　址：http://www.ahep.com.cn
营销电话：(0551)63683012,63683013
排　　版：安徽时代华印出版服务有限责任公司
印　　刷：大厂回族自治县德诚印务有限公司

开　本：650×960　1/16
印　张：8.5
字　数：150 千字
版　次：2020 年 5 月第 1 版　2020 年 5 月第 1 次印刷
定　价：25.00 元

（如发现印装质量问题，影响阅读，请与本社营销部联系调换）

"红军的故事"丛书编委会名单

许思义
周 平
张荣辉
孙红超
盖 克
马永义

序 言

夜半三更哟盼天明
寒冬腊月哟盼春风
若要盼得哟红军来
岭上开遍哟映山红
……

每当听到电影《闪闪的红星》插曲《映山红》的优美旋律，我就情不自禁地跟着唱起来，电影中的画面不断地在眼前浮现。

童年的我最喜欢的一部电影就是《闪闪的红星》，是它，让我对红军形象有了具体的感知。原来，红军不是神秘的"天兵天将"，而是一个个有血有肉的人。他们同我们一样，有爱有恨，有喜有悲。但他们与我们又不一样。但哪里不一样呢？孩提时代的我，是搞不清楚这个问题的。

我的家乡是一个革命老区。抗日战争时期，新四军在那儿战斗过。听家乡的老人说，有一年鬼子来扫荡，老百姓跑到东边的山里躲藏起来，是一个新四军战士开枪，把鬼子引到了西边的山上，老百姓这才躲过了一劫。我的家族中有一位前辈，据传是新四军的一名基层军官，最后牺牲在鬼子的枪口下。谭震林指挥的"峨山头搏斗"，就发生在我的家乡。

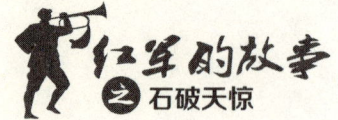

小时候的我分不清红军、八路军、新四军有什么区别，但我知道，他们都是英雄。后来，我是从老人们讲的故事中、从电影中、从书本中了解了红军、八路军、新四军的。我热爱他们，钦佩他们！

研究生毕业时，正赶上军校特招地方大学生入伍，我毫不犹豫地应征，成了一名军人。我认识到，红军、八路军、新四军都是党领导下的人民军队，他们与其他军队的根本区别就是，他们是人民的子弟兵，全心全意为人民服务是他们的宗旨。

在我的家乡，清明节这天，无论晴天还是雨天，各校师生都要集合起来，带着花圈，给烈士们扫墓。在烈士墓前，师生们恭恭敬敬地聆听烈士们的英雄故事。有一位烈士，没有家人，连名字都没有人知道，他的墓前只有一块石碑。老师们唏嘘不已，学生们悲伤流泪。之后，各人回各人的家，随家人给自己的先人上坟。家里有孩子上学的，大人一定会等孩子给烈士扫墓后，再领孩子上自家的祖坟。我们这一代人，在红色文化熏陶下从童年走入青年，又从青年走入中年。

成长于改革开放时期的青少年们，更多的是从各种媒体中了解人民军队的。为了让青少年们对红军有更加全面、具体的认识，我们编写了"红军的故事"丛书。我们想告诉青少年朋友：正确认识历史，我们才能更好地前进。为了创造更辉煌的未来，我们不能忘记红军！

汤家玉

目 录
CONTENTS

第一章
南昌起义

山雨欲来	1
黎明枪声	8
再图北伐	21

第二章
秋收霹雳

"枪杆子里面出政权"	29
打出共产党的旗子	30
"霹雳一声暴动"	34
三湾改编上井冈	39

第三章
羊城惊雷

紧锣密鼓	47
迅雷出击	49
疯狂反扑	53
刑场婚礼	60

第四章
南方烽火

彭湃掀翻海陆丰	66
弋横根据地建立	70
发动土匪闹革命	75
贺龙再次回湘西	78
红旗插上海南岛	82

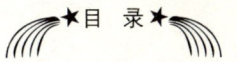

第五章
北国硝烟

清涧起兵举义旗	88
陕南渭华风暴起	94
确山有个杨靖宇	99

第六章
遍地星火

赤旗漫卷鄂豫皖	106
八闽大地燃烈火	110
横刀立马彭将军	114
右江两岸战旗红	119

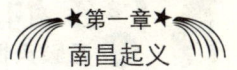

第一章　南昌起义

中国共产党和中国人民并没有被吓倒、被征服、被杀绝。他们从地下爬起来，揩干净身上的血迹，掩埋好同伴的尸首，他们又继续战斗了。

——毛泽东

山雨欲来

1927年7月27日，周恩来到达南昌，住在朱德家里。他此行是奉中共中央的命令，组建南昌起义中共前敌委员会（以下简称"前委"），领导起义。根据中共中央的决定，前委由周恩来、李立三、恽代英、彭湃等人组成，周恩来为前敌委员会书记，谭平山也一直参与前委的领导工作。前委决定，7月30日晚举行武装起义。准备参加起义的武装力量有贺龙领导的第二十军，叶挺领导的第十一军第十师、第二十四师，第四军第二十五师第七十三团、第七十五团，以及朱德领导的第三军军官教导团等，共2万余人。

7月28日，周恩来前往第二十军指挥部会见贺龙，任命贺龙为起义总指挥。

7月29日，中共中央政治局常委张国焘以中央代表名义从九江给前委连续发送两封密电，坚持要前委等他来南昌以后再决定是否起义。

7月30日，张国焘抵达南昌，传达了共产国际代表的指示精神：第一，

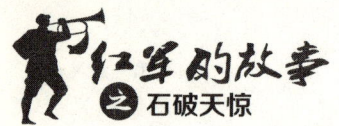

我们的军事若无十分把握,可将我们的同志从军队中撤出,去组织工农群众;第二,起义要得到张发奎(国民革命军第二方面军总指挥兼第四军军长)的同意,并且要一致行动。这一指示遭到了周恩来、恽代英、李立三、彭湃、谭平山的反对和驳斥。

由于张国焘的阻挠,起义未能按期举行。7月31日晨,双方还在就起义的问题辩论。周恩来十分激动地说:"你的这个意思与中央派我来时的想法不相吻合。国际代表及中央给我的任务是叫我来主持这个运动,现在给你的命令又如此,我不能负责了,我即刻回汉口去吧!"南昌起义最早的发起人之一、当时对外联络的最高行政负责人、革命委员会主席团实际主席谭平山见张国焘反对起义,气愤之下竟提出要将张国焘枪毙。

随后,周恩来主持前委紧急会议,双方继续争论了几个小时,直到得知张发奎已不可争取,张国焘才不得不表示服从多数人的意见。会议最后将起义时间改为8月1日凌晨4时,并决定前委作为秘密领导机构不公开,起义的对外机构是革命委员会,会后由叶挺签署、用贺龙的名义向部队发出了绝密的作战命令:"我军为达到解决南昌敌军的目的,决定于明日(8月1日)4时开始向城内外所驻敌军进攻,一举而歼灭之!"

7月底的南昌,酷暑难耐,第二十四师师部大楼周围布满了荷枪实弹的岗哨,严格盘查进出人员。

7月31日下午2时,大楼师指挥室里,分东西两排,端坐着40余名神情肃穆的军人。汗水不时从他们的脸颊和耳后流下,浸透了紧扣着风纪扣的衣领,但没有一个人分神。这些都是第二十四师营以上军政干部,正在等待开会。

"师长到!"

全体人员起立敬礼。

第一章
南昌起义

"请坐下！"师长叶挺回礼，表情非常严肃。

"同志们！我们集结此地的任务，原本是东征讨蒋，但最近的消息大家想必有所耳闻。继武汉'分共'以后，汪精卫又上了庐山，密谋叛变革命，投降蒋介石。"

叶挺略作停顿，目光巡视完每一个人，继续说道：

"党对当前政治形势的分析是：宁汉合流

★ 叶挺

已成定局，汪蒋联盟的反革命大阴谋已经表面化了；革命遭遇严重的危机。党中央一部分同志已赶到南昌，决定举行起义来挽救目前的危局，粉碎反革命分子的联合阴谋！"

与会者对举行起义早有耳闻，此刻听到师长宣布要与武汉政府决裂，大家按捺住紧张而又兴奋的心情，全神贯注地倾听，全然忘却了天气的酷热。每个人莫不摩拳擦掌，跃跃欲试。

叶挺接着说道："下面由参谋长介绍敌我态势。"

第二十四师参谋长徐光英走到地图旁，拿起教鞭指向地图，以带着广东口音的官话说道："南昌及周边的敌人主要包括，驻章江路口的藩台衙门的朱培德第五方面军总指挥部警卫团；驻贡院的王均第三军的第二十三团；驻大校场以北的新营房的第二十四团；驻百花洲的第三军军部直属宪兵营；驻天主教堂的程潜第六军第五十三团。金汉鼎第九军第七十九团，驻大校场老营房。加上王均公馆的警卫连、江西省政府卫队，敌人总兵力不满6个建制团，约6000人。而我们在南昌参加起义的，除了本师之外，还有友军贺龙的第二十军，总兵力已逾2万，我们将占绝对的优势。"

"但是！"徐光英强调，"敌人的增援部队，最快的24小时之内就可到

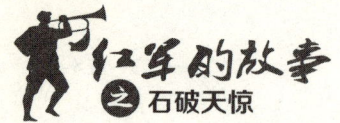

达,有的2天之内可以到达,因此我们必须在一个夜晚之内全部解决战斗!"

话毕,大家纷纷交换意见。

叶挺等大家交流完毕,开始下达作战任务:第二十四师的主要任务是分别歼灭驻天主教堂、贡院、新营房等处的敌人,占领敌南昌卫戍司令部、修械所和弹药库。作战任务下达后,叶挺又对部队的战术行动做了具体要求。

7月31日下午4时,贺龙的第二十军也在进行起义动员。第二十军团以上军官陆续赶到军部,只见军长贺龙端坐在一张雕花木椅上,手握大蒲扇左右摇动,神态自若地与人闲谈,时而发出爽朗的笑声。起义虽然延期,但准备活动一刻也没有停止。挂名第二十军第二师第六团营长的陈赓,前一天清早便把江西省银行的行长扣留在第二十军总指挥部,还封存了大量的纸币。

贺龙从胸前掏出金壳怀表,看了一下时间,见人差不多到齐,就向他的族弟,第二十军第一师师长贺锦斋做了个手势。守在门口的卫兵随即把门轻轻关上。贺龙笑着用手中的蒲扇点了点屋子中间的长条桌,吆喝道:

"开会喽,开会喽!"

嘈杂的房间立刻安静下来,军官们按照官职的大小,依次围坐在桌子的四周。

贺龙收敛笑容,严肃地说:

"今天把大家找来,有几件事情要向大家宣布。"

贺龙站了起来,双手撑着桌案,神色更加严肃:

"第一,继蒋介石的叛变之后,汪精卫也起而效尤!我们今天要树革命大旗,打倒蒋介石,反对那些背叛革命的家伙!"

大家认真静听,对军长宣布的消息并不感到十分突然。东征讨蒋,在武汉是开过誓师大会的。对于武汉政府一直克扣第二十军的粮饷枪械,大

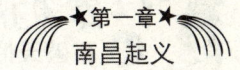

家早就不满。之前贺龙就暴动之事征求部下高级军官的意见时，大家都觉得长此下去没有什么出路，还不如跟共产党一起干。因此，今天贺龙军长宣布反蒋反汪，大家觉得也在情理之中。

"第二，"贺龙停顿了一下，压低了声音，"我跟弟兄们在一块儿都很久了，我不瞒大家说，今天我就要带部队暴动！"

屋里静悄悄的，大家都睁大了眼睛。尽管心理上有了一些准备，但这一时刻猝然到来，他们还是觉得心里一震。

贺龙接着又说：

"我跟大家，都是一起出生入死的弟兄，有福同享，有难同当。但今天之事，非比寻常，我贺龙不敢勉强。诸位愿意跟我走的，咱们一块革命，不愿意跟我走的现在就可以离开部队。"

"大哥这样说就见外了！"

"跟军长走，绝不会错！"

"干他一家伙，出口气再说！"

大家纷纷表态，更有几位兄弟大骂蒋介石和汪精卫。也有细心的人嘴上附和，心里暗想，兴许大哥暗地里加入了共产党吧？他们却不知道，此时作为起义总指挥的贺龙，并不是一名共产党员！

在座的团以上军官中，只有政治部主任周逸群、教导团团长侯镜如和第六团团长傅维钰3人是共产党员。而且他们也都是刚到这支部队不久的"外来户"。

贺龙耐心地听着大家的议论，一直没有说话。过了一会儿，贺锦斋用力地咳嗽了一声，盖住了众人的议论声。

"现在，让大哥说几句！"

屋里顿时肃静下来。

贺龙微笑着点点头：

"大家都要听从共产党的命令，人家共产党是有组织、有纲领的，别再让人说我贺胡子又搞兵变！"

听到军长自嘲是贺胡子，众人一阵哄笑，气氛也轻松了一些。静下来后，贺龙拿出一份名单，让贺锦斋把几个不可靠的连级军官全部换成可靠的人。

接着，贺龙宣布了由刘伯承帮助草拟的起义计划：根据前委的部署，第二十军的任务主要是进攻朱培德第五方面军总指挥部和老营房，消灭朱培德的警卫团和金汉鼎第九军第七十九团，占领江西省政府。

而刘伯承此刻正在联系中共江西省委，做好起义前的各项准备工作。

万事俱备，只欠东风。

7月31日晚6时，南昌最有名的饭庄嘉宾楼内，灯火通明，酒桌上觥筹交错、杯盘狼藉，朱德身着夏布长衫，呼朋唤友，非常热情。他正在宴请驻南昌城内的滇军老朋友和老部下——第三军第二十三团团长卢泽明、第二十四团团长肖日文和两名副团长，以及其他几位军官。从武汉回来之后，朱德就有意识地与这些人多接近。朱德是滇军中的老前辈，又是第五方面军总指挥朱培德的老朋友，官场上的人虽然风闻他有些"左"倾，却还保持着相当的尊敬。今天老长官请吃鼎鼎大名的鱼翅宴，大家都很高兴。

众人推杯换盏，你来我往，这顿鱼翅宴一直吃到晚上9点多钟。酒足饭饱，兴犹未尽，好客的主人又邀请这些酒酣耳热的客人打麻将，大家瘾头极大，欣然入座。

原来，前敌委员会交给朱德一项特殊任务，要他在起义战斗打响前，设法牵制住敌军2个主力团的团长和副团长。这些人都是带兵官，所部正好是起义军准备攻击的对象，把他们请到这里来，其军中定然是群龙无首。

可是意外的事情发生了。

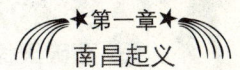

麻将打了不一会儿，一位脸色苍白的年轻军官被卫兵带了进来。来人名叫赵福生，云南人，是贺龙第二十军第一师第一团第一营的副营长。他被人领进来后，神色慌张，欲言又止。

"你来这里干什么？"客人中的一位手气正背，没好气地问。

赵福生回答道："我刚刚接到命令，要我们解除自己辖区内的滇军武装。"

朱德吃了一惊，但马上又恢复了镇静。此时，几双洗牌的手在桌面上停了下来，"哗啦哗啦"的声音骤然停止，客人们瞪大了眼睛。

赵福生接着说："我也是云南人，和尚不亲庙亲，到底该不该对自己的老乡下手，我实在是很为难！"

客人们面面相觑，客厅内一片死寂。

"哈哈，这年头，兵荒马乱，什么流言蜚语都有。请大家不要在意，接着打牌吧！"朱德打破了僵局，企图让客人们多留一会儿。

客人们可不这么想，他们推倒了面前刚刚垒起的牌墙，把椅子往后一拉，站了起来：

"多事之秋，宁可信其有，不可信其无。我们还是回去看看的好。"

"也好，也好。"朱德怕引起客人的疑心，便不再强留，只好打着圆场，起身送客。另外，他还要把起义消息已经泄露的事情及早报告给前委。

贺龙此刻也得知了部下泄密的事情——有士兵报告赵副营长跑到滇军那里去了。贺龙马上把此事报告给周恩来。

朱德那里也送来了报告：想通过宴请的方式扣留滇军主要指挥官的计划，已经不能实现。

周恩来和前敌委员会当机立断：起义提前2个小时，于8月1日凌晨2时举行！

黎明枪声

8月1日,三更过后,寂静的省政府大院内突然传来一阵喧闹声。传达室里的老工友刚刚迷迷糊糊地睡着,就被屋外传来的一阵杂乱的脚步声和武器磕碰声惊醒。他披衣出门一看,只见省政府卫队的百十号人正黑灯瞎火地集合,而且是全副武装。

队伍前面,有人提着灯笼准备照明引路。

老工友觉得奇怪,他就问带队的连长:

"深更半夜的,你们这是做什么?"

连长不耐烦地告诉他:"我们是去野外演习!没你的事,你回屋睡觉去!"说是演习,可是部队又偏偏不走正门,而是从省政府民政厅的后门悄悄溜了出去。

"谁知道龟儿子搞的什么鬼!"

望着消失在黑暗中的身影,老工友咕哝了一句,返回屋里。他不知道,此时因赵福生告密,省政府已经知道叶、贺部队要起义,要缴滇军的枪。省政府卫队慌了,主动向门外的贺龙部队开枪又不敢,于是准备夺门而逃。

刚刚躺下不久,老工友就被从后门民政厅方向传来的阵阵枪声惊醒。

"老天爷,作孽呀!"

老工友知道出事了,忙穿好衣服提灯下床。只见刚才说是去演习的省政府卫队,正气急败坏地从后门退回来。

原来,他们通过省政府那扇平时很少打开的后门从黑黢黢的暗影里悄悄地溜了出去,在后街巡逻放哨的第二十军第一师士兵很快就发现了他们。

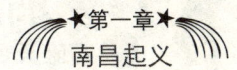

第一章 南昌起义

按照行动前约定的标志,警戒的士兵见来人的提灯上没有贴红十字,连忙拉响了枪栓,大声喝问:

"口令!"

省政府卫队答不上来,于是赶紧又退回了省政府大院,第二十军的哨兵见此情景马上鸣枪示警,连开数枪。

起义的信号就是3声枪响,等待行动的部队听到枪响,认为这是起义指挥部发出的行动信号。虽然还不到规定的行动时间,但既然指挥部的信号已经发出,自己部队已准备就绪,离预定的时间也已经很近,事不宜迟,各部队就立刻发起了进攻。刹那间,城内城外各处枪声都响了起来,南昌起义就这样开始了。

枪声就是信号,不管这信号是由谁发出的。

枪声就是命令,不管这命令来自何方。

参加起义的官兵们听到枪声,立即像下山的猛虎一样,扑向各自的目标。

如果从南昌城中间画一道线,把市区分成东西两城的话,贺龙的第二十军的主力部队大多部署在西城,而叶挺的第二十四师的主力则全数部署在东城。

按照前委的事先分工,贺龙的第二十军主要负责消灭驻守在朱培德部第五方面军总指挥部和国民党江西省政府的敌人,叶挺的第二十四师主要负责消灭南昌市内的第三、六、九军的几个团。考虑到叶挺部兵力不足,前委又决定把贺龙部的侯镜如教导团调来对付第九军的第七十九团。

这个教导团其实原非贺龙的部队,而是中共中央军委新建立起来的部队,在起义前刚刚编入第二十军,以便在政治上得到加强。团里的每个营都编制有4个连,第一、第二、第三营营长都是黄埔军校一期毕业生,均

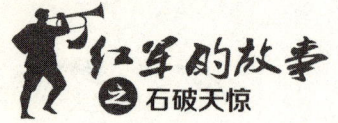

为参加过北伐的骁将。

按原定计划，8月1日凌晨2时，由贺龙的指挥部以鸣枪3声作为起义开始的信号，然后，由第二十军指挥部吹响冲锋号。为了让全城的部队都能听到号声，贺龙命人事先在指挥部集中了约一个班的号兵。

现在情况突变，清脆的枪声在午夜寂静的夜空中骤然响起，敌人各军肯定会闻声而起进行警戒。此时，起义各部队只能立即对当面之敌发起了进攻。

敌第五方面军总指挥部警卫团驻地。

朱培德第五方面军总指挥部设在章江路口的藩台衙门，离设在章江路口西大街中华圣公会的贺龙第二十军指挥部只有200米。这里原来驻有朱培德部的3个团，不久前刚刚开走了2个团到萍乡去，只剩下1个团在这里留守。但这个团是朱培德的老家底，是滇军的精锐部队之一。因此，贺龙把贺锦斋第一师2个主力团布在这里，以集中优势兵力歼灭它。

在攻击发起之前，贺龙让副官通知住在圣公会的刘牧师一家人从楼上搬到楼下，怕战斗开始后他们被流弹伤着。刘牧师刚刚把老婆孩子叫醒，把铺盖搬到楼下，外边的枪声便响了起来。

先是零星的步枪声，然后就是连续的机关枪声和手榴弹的爆炸声，枪弹不断地朝圣公会大楼方向打来。贺龙带着卫兵们，全副武装地出现在门口的台阶上，他亲自指挥进攻朱培德第五方面军总指挥部的战斗。

在圣公会通往藩台衙门的路途中间，有一个由鼓楼和其他建筑物组成的曲尺形场地，当地人把这里称为鼓楼，进攻的起义部队便是在这里被敌军阻遏的。从南边卫生厅门口射过来的枪弹，让贺锦斋第一师的弟兄们倒下好几个。见此情景，贺锦斋双眼都要迸出火星来。他摘下军帽，将其紧

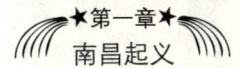

第一章
南昌起义

紧攥在手中，抬头望了望耸立在前面的鼓楼，有了主意。

他马上命人从附近百姓家里找来两架梯子，从鼓楼旁边的房子爬上鼓楼顶端，架起了机关枪，朝着卫生厅门口一通猛扫。门口的敌军倒下几人后，余下的逃进门里。

这一招叫"压顶"，在巷战中最是有效。局势立时得到改观，路障被扫清了。

退回藩台衙门大院的敌人，纷纷爬上了院子内的制高点——端表楼，负隅顽抗。端表楼的高度虽然比不上鼓楼，却也是这方圆几里之内的另一个制高点。楼的主体是宫殿式建筑，虽然只有两层，却有四五丈高，比贺龙的指挥部所在地——圣公会的楼还要高一些。

藩台衙门大院的守军，此时也弄清了骤起发难的是贺龙第二十军，因此除了继续抵抗外，还不断朝圣公会大楼射击。子弹纷纷从贺龙和卫兵们的头顶上掠过，流弹飞射，划破了夜空。

贺龙镇定自若地站在指挥部前的台阶上，亲自指挥作战。眼见天快亮了，贺龙看了看表说道：

"该结束了！"

不久，藩台衙门大院里传出了喊杀声。又过了一会儿，喊杀声和枪声逐渐稀疏下来。原来，第二十军第一师的另一支部队由西大街右转弯，解决了驻扎在园子庙的省府军乐连，再从后墙翻过去，将院里的敌人紧紧包围起来。

当天空泛出鱼肚白的时候，藩台衙门大院的战斗宣告结束，敌人一个接一个地低着头、举着双手从端表楼和藩台衙门大院中走了出来。

被俘的军官，一律被押往圣公会第二十军指挥部。他们在那里经教育后，将在第二天被释放。

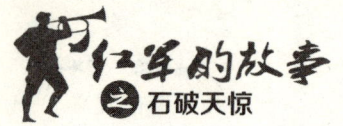

打扫战场时，第二十军却没有抓到敌人的警卫团团长张朝栋。据俘房交代，他们的团长当晚外出吃酒打花牌，得以逃过一劫。

敌第六军第五十三团驻地。

听到枪声之后，叶挺所部的第七十一团也向松柏巷天主教堂内的敌第六军第五十三团发起进攻，然而对方已有准备。

此前，南昌起义之事已泄密。城内部分守军已经在暴动开始前数小时听到了风声，第六军第五十三团就是听到风声的少数守军之一。

宁可信其有，不可信其无。在兵荒马乱的年头更要多加小心。那时在军阀部队中间，兵变和火并不断，今天我解决你，明天你解决他，已是家常便饭。

南昌的敌军虽不知道起义行动的全部计划，亦不能分辨暴动部队的虚实，但仅有的蛛丝马迹已足够让行伍军人生出本能的反应。

这种本能就是强烈的求生欲望。

驻松柏巷的第六军第五十三团团长，就表现出这种本能。

7月31日下午，天主教堂门口的士兵们就已经接到命令，在大门两侧堆起沙袋，构筑了防御工事。哨兵横端起大枪，开始严格盘查由此地经过的行人。

入夜之后，第六军第五十三团的军人整理好行装，乘黑夜偷偷摸出。他们之中，虽然大多数都是入伍时间不长的新兵，但动作的敏捷和警惕性丝毫不逊于老兵。程潜在湖南军人中擅长练兵，他的第六军素质很强，是不可轻视的对手。

只是他们对面的叶挺部队是北伐"铁军"的精锐，比他们更强。那些湖南军人刚一摸出巷口盐义仓的拐角处，就被第七十一团第三营黄序周的

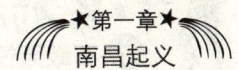

部队拦住，只好又退回了天主教堂。他们退回教堂大院之后，马上封锁了天主教堂大门对着的巷子，做好应付进攻的准备。

通往天主教堂大门的巷子狭窄而笔直，无遮无掩，给负责从正面进攻天主教堂大门的第三营带来了很大麻烦。

听到城内枪声大作，第七十一团马上也发起冲锋。然而进攻一开始，第三营就倒下20多个战士。

营长黄序周一见硬攻不是办法，便把人撤了下来，命令各连把机关枪集中起来，进行火力压制。同时挑选了20多名精明强干的战士，并对其做了一番鼓动。

在机枪火力的掩护下，这20多人轮番猛冲，交替掩护，消灭了天主教堂大门口的敌人，硬是把大门冲开了。

大门刚一打开，第七十一团的另一个连就从操场爬墙迂回杀到。敌人受到腹背夹击，只好龟缩进教堂楼上。黄序周一面指挥火力猛攻，一面组织人喊话："缴械投降不杀！缴枪不杀！"

楼上的敌人见大势已去，便吹号投降，一排排走出楼房，在院子中把枪架好。这块硬骨头，并没有预想的那么难啃。

此时天已经亮了。见解决了天主教堂的敌人，黄序周又带领一个班的战士去占领第三军军长兼南昌卫戍司令王均的公馆。这个公馆设在高升巷，是"辫帅"张勋原来的公馆，离第七十一团的驻地不远。

王均的南昌卫戍司令部设在都司前的顺直会馆，也离驻地不远，平时王均每天都从他的公馆乘黄包车到都司前的司令部去上班。不过王均此时正在庐山，驻扎在公馆里边的约一个连的警卫部队一听外面打得激烈，连忙将大门关了起来。

黄序周带兵一打，他们并没有做像样的抵抗，就缴械投降了。战士们

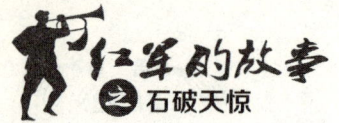

在王均的公馆内大有收获,收缴了1000多支新旧步枪,3箱纸币,金叶子、金表、金表链等实物,此外还有小手枪等物,都是战士们见所未见的。黄序周命战士们挑着一箱箱的战利品,送往前委。肃清这里的敌人之后,起义部队打开了监狱,释放了100多名被江西当局监禁的政治犯。

北边天主教堂的枪声打响之后,南边匡庐中学的枪声也响作一团。负责进攻匡庐中学的,是叶挺第二十四师第七十一团有名的战斗英雄廖快虎的第二营。

匡庐中学内,驻扎着第五十三团的一部分兵力,廖快虎派出了肖克的第一连担任主攻。肖克先指挥一个排,缴了匡庐中学附近敌人第三军两个班的械,然后指挥全连向匡庐中学猛攻。

匡庐中学内的敌人一开始打算逃跑,但被在城墙上守卫的南昌工人纠察队和参加暴动的南昌市公安局警察一阵乱枪堵回,只好在学校内固守待援。

天快亮了,匡庐中学还没有拿下来。团参谋长刘明夏带了两挺机枪前来增援,约在8月1日早晨7时,敌人终于停止抵抗。

俘虏们把枪架在学校的操场上,列队集中。肖克讲了话,告诉他们:

"此次行动,我们只反汪精卫,并不反对张发奎总指挥,张总指挥不久还要与我们一起回广东,我劝第五十三团的士兵弟兄加入我们的部队,大家一起杀回广东!"

肖克讲完话后,一部分俘虏果真加入了起义队伍。

敌第三军第二十三团驻地。

起义发起后,在南昌贡院解决王均部第二十三团的战斗也打响了。

贡院是一个古老的称谓,辛亥革命以后,南昌贡院实际上成了一座公

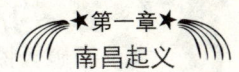

园，是南昌市民休憩的场所。

不过，当时市民们很少到这里来游玩了，因为这里驻了兵。王均部的第三军第二十三团就驻扎在这里。

不久前，又有一支军队开到这里，驻屯于贡院背后的一所新建小学，他们是叶挺的第二十四师第七十二团。

新建小学的左侧，与之毗邻的是滇军的军官教育团所在地，那里曾经由滇军名将朱德主持。江西局面表现出"左"倾的时候，那里很是红火过一阵子。

住在新建小学内的第七十二团，是新近由第二十四师教导队改编而成的。原教导大队的大队长孙树成，顺理成章地当了第七十二团团长。

7月31日深夜，第七十二团第二营正向贡院内第二十三团迂回包围的时候，省政府方向突然响起了枪声。紧接着，全城四处都响起了枪声，驻新建小学的第七十二团团部内所有的灯也霎时熄灭了。团长孙树成带着部队冲进黑暗中，只留下十几个学生兵守卫着团部的大门。

在昏暗的月光下，可以望见贡院内的敌人伏在墙头上对外射击，一排排的机枪喷射出橘红色的光。

不久，贡院后门广场上也响起了稠密的机关枪声和手榴弹爆炸声，同时夹杂着一阵阵呼喊和叫骂声。

团长孙树成气喘吁吁地跑回来，摇响了师部的电话，要求派增援到贡院的后门，阻止敌人冲出来。孙树成刚走，隐蔽在大门口石柱旁的学生兵突然发现右侧街口涌出黑压压的一片人马，向新建小学扑了过来。

稠密的弹雨，打在教室前面的青石台阶上，溅起细碎的石粒，崩得柱子后面的人睁不开眼睛。学生兵之中已经出现了伤亡，一波敌人刚刚被压下去，另一波敌人又呐喊着扑了上来。

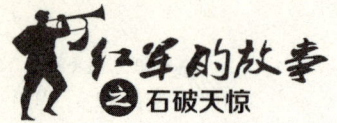

眼看快要抵挡不住了，危急关头，团长孙树成率领部队杀了回来，把敌人又压了回去。

双方僵持着，等待着局势出现有利于自己的转机。到底是贡院内的敌人最先支撑不住，号兵吹响了乞降号，孙树成命令停止攻击。

与此同时，孙树成派出另一支小分队，乘夜摸近南昌佑民寺门口，只投掷了几颗手榴弹，守仓库的敌军卫兵就乖乖地投降了。

当东方天际的银光变成灰白色的时候，贡院附近的枪声逐渐稀疏下来，且慢慢停止了。只见第七十二团的战士们，押着一队队的俘虏从贡院内走出来。

孙树成回到团部时，牺牲的学生兵的遗体，体温还没有完全消失，就停在空地前用门板搭成的灵床上。孙树成没有说话，只是亲手用白被单轻轻地将烈士的遗体盖了起来。

敌第三军第二十四团驻地。

南昌顺化门外大校场以北，新营房附近的叶挺部队也向滇军的第二十四团发起突袭。

午夜时分，新营房内敌人的巡逻队逐渐稀少，最后全都躲进营房睡觉去了。

夜，显得格外静谧。

枪响之前，在月光、星光和路灯光混合光亮的照射下，露营在这里的部队已开始行动。这里的最高指挥官是叶挺第二十四师第七十二团第三营营长袁也烈，另外配属了龚楚带领的部分广东农军。

先是连长召集3个排长谈了一阵，然后排长又和班长谈了一阵，最后班长和战士们谈了一阵。接着大家穿好衣服，打上绑腿，扎好皮带，每人

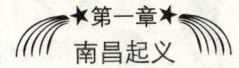

左臂上缠了一条白毛巾，仔细检查了武器弹药，装好刺刀，静静地等待着这一时刻的到来。城内骤然响起的枪声，撕裂了夜晚静谧的帷幕。营长袁也烈飞身跃起，高喊一声："冲！"接着他掏出驳壳枪，"啪！啪！"两枪，打倒了惊慌失措的新营房大门口的哨兵。部队如潮水一般拥进营房。

砸门声、严厉的吼叫声、钢铁的撞击声、手榴弹的爆炸声，响彻在新营房上空。

不多时，就听到有人哀叫：

"不要打啦！不要打啦！"

敌人大部分被堵在被窝里，少数反应比较快的，都做了他乡之鬼。

贴着红色十字的手电筒的光柱，在新营房内晃来晃去，显然是在搜索残敌。当时前委交给这些广东农军的任务是守备新营房，协助袁也烈部歼灭守军的一个营。

广东农军与第二十四团组成的这个营，驻在同一个营房兵舍，却各走各的，一个走北大门，一个走南大门。双方的操场只隔了一道短墙，遮住了彼此的视线。

营长袁也烈率部冲进新营房的大院后，广东农军也随之进入敌人的营区，把被吓醒的敌军从床铺上拉起，收缴了所有武器，把衣冠不整的俘虏一批批押运回自己所驻营房的操场。

此时临近凌晨4时。远处市区内，间或有零星的枪声，可见南昌城内的战斗尚未全部结束。在新营房如此轻易地取得成功，反倒令人难以置信。

为了防备敌人可能的反攻，龚楚将广东农军部署在新营房四周，同时派人与驻守在江西大旅社的参谋团取得联络，向指挥部告捷。不久，传令兵带来了参谋团的口头嘉奖。

在整个南昌起义过程中，新营房地区的战斗，是唯一一场既解决了敌

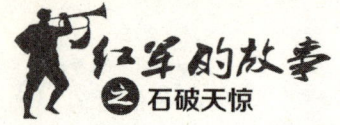

人而自己又无伤亡的战斗。

敌第九军第七十九团驻地。

暴动发起之前几小时,教导团团长侯镜如已率领着手下的得力干将,"拜访"了驻老营盘第七十九团的大胡子团长。他们返回驻地的时候,天已经完全黑了下来。

晚上9时过后,侯镜如把各总队长召集在一起,宣布了前委关于南昌起义的命令。

这时,几个营长才明白了下午去"拜访"大胡子团长的真实目的。想起敌人松懈的样子,他们觉得有些好笑。

接着,侯镜如开始进行战斗部署。

教导团一总队在攻击开始前,沿大校场外的那条干沟,借着夜色埋伏在顺化门外大校场营房的两边,负责进攻正门。

二总队分成两部分:一部分作为预备队;另一部分每人备一条长凳子,隐蔽在敌我之间的那堵矮墙下,等战斗打响后,将凳子放在墙下,踏着这些矮凳子越过矮墙,从北面进攻敌营房。

三总队承担迂回任务,沿大墙外的护城沟进至敌人的东南方,在围墙的缺口处(下午时早已侦察好)埋伏,待正门枪声打响后,解决敌人的警戒,从东南方杀入敌营。

3路人马,分别从3个方向向中心夹击,最后会攻敌团部所在的青砖瓦房。

四总队全是青年学生,没有安排进攻任务,因为他们手中没有武器。原来,教导团从黄石港乘船到达九江那天,当船要靠岸的时候,拖曳的驳船一掉头,恰好把装载四总队枪支的一只小木船甩翻,这只半截露在水面上的小木船顺流而下,不久就沉没于滚滚的江水之中。

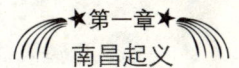

侯镜如得知消息后，急忙带着军部副官乘小火轮赶了一程，但也没有追上。回来后，他向贺龙军长自请处分。虽然当时上级没有过多地责备他，但是几百人一下子没有了武器，可是大过失。因此侯镜如马上表示："一定要从敌人手中夺得更新更好的武器装备给四总队！"

现在机会终于来了！

侯镜如命令四总队在战斗开始后，先集中在墙外呐喊助威，待主力攻入敌营后，跟上去收缴敌人的武器。因为离发起攻击的时间还有几个钟头，所以大家利用这段时间分头回去准备。临别时侯镜如还叮嘱道："大家睡觉的时候不要解衣，枪也不离身，不要贪睡误了大事！"

7月31日夜12时过去了，8月1日终于来临。各总队开始按计划行动，接近敌营房。这时二总队突然来人报告：营房内的敌人似乎有动静，不知可不可以提前行动。

侯镜如来到墙根，竖起耳朵听了听：果然，敌人开始起床了！

事不宜迟！这时市内的枪声也打响了，侯镜如马上下令：

"开始攻击！"

"哒，哒哒哒……"

一声清脆的枪声，接着又是机关枪的射击声，在一总队方向打响。

东南方传来急促的脚步声，北面的矮墙下也传来了木凳子的撞击声，三总队和二总队分别从另外两个方向杀入敌营。

战斗完全按原定计划展开。敌兵起床快的一部分很快被解决了，起床慢的大部分在被窝里稀里湖涂地作了俘虏，被一批批地赶到操场上。

这场战斗，教导团仅伤亡1人。四总队的学生兵们，也重新得到了他们渴望已久的枪支。

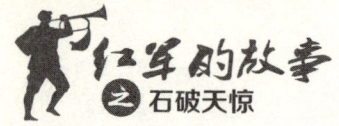

★南昌起义纪念馆

南昌百花洲驻着王均第三军的宪兵营,起义部队发起攻击后,宪兵营仅有 2 名士兵被击毙,全营几乎停止了抵抗。

驻在吕祖祠的金汉鼎第九军的一小部分,象征性地稍微抵抗了一下,被击毙 10 多人以后,余部也缴械投降。

驻在牛行车站的第三军巡防队和税务所的 20 多人,也被贺龙第二十军贺文选的第四团部分士兵所俘虏。

天明以后,第四团的士兵押着俘虏上了渡船,由小火轮牵引着渡过赣江,向南昌城集中。等他们的脚踏上彼岸的时候,暴动的枪声已经完全息止。

各路捷报纷纷传至驻守在江西大旅社的参谋团。当时,叶挺、刘伯承

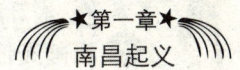

还不断接到一些被围敌军提出的要求,说只要停止进攻,他们可以参加起义军的行动。对此,叶挺和刘伯承认为当前最重要的是先解决战斗,不必在枝节问题上过多纠缠,因此他们的回答都是:"先缴械再说!"

有些被围敌军在投降前,提出交枪后一定要保证他们的生命安全。条件报到周恩来那里,这位起义的最高领导人、前委书记爽快地说:

"我们只缴械不杀人。"

这就是当时的政策。对解除了武装的敌军官兵,经过教育都迅速释放。那时是想尽量多争取一些人参加或同情起义,包括国民党方面的滇军、湘军。由于采取突然袭击,再加上有利政策,天亮时整个城内的战斗就基本结束。

经过4个多小时的战斗,至8月1日清晨,起义军一举拿下共5个团的南昌守敌。

当日下午,驻马回岭的第二十五师第七十三团全团、第七十五团3个营和第七十四团机枪连,在聂荣臻、周士第的率领下起义,并于8月2日抵达南昌,与城内的起义部队会合。起义最终取得了成功!

再图北伐

南昌起义成功后,中共前委按照中共中央关于这次起义仍用国民党左派名义号召革命的指示精神,发表国民党左派《中央委员宣言》,揭露了蒋介石、汪精卫背叛革命的种种罪行,表达了拥护孙中山"三大政策"和继续反对帝国主义、封建军阀的斗争决心。起义军仍沿用国民革命军第二方面军番号,由贺龙兼代方面军总指挥,叶挺兼代方面军前委总指挥。所属第十一军(辖第二十四、第二十五、第十师),叶挺任军长,聂荣臻任党代

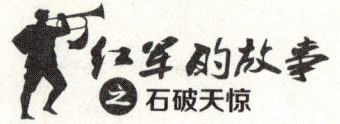

表；第二十军（辖第一、第二师），贺龙任军长，廖乾吾任党代表；第九军，朱德任副军长，朱克靖任党代表。全军共 2 万余人。

南昌起义爆发后，汪精卫急令张发奎、朱培德等部向南昌进攻。中共前委按照中共中央原定计划，决定率起义军向广东进军，计划以广东为基地再次组织北伐。

1927 年 8 月 3 日至 6 日，起义军分批撤出南昌，沿抚河南下。起义军进至进贤县时，国民党军第十师师长蔡廷锴驱逐在该师工作的共产党员，率部折向赣东北，脱离起义军。由于起义军撤离南昌比较仓促，部队未经整顿，加上酷暑远征，所以部队减员较多。7 日到达临川时，总兵力约 1.3 万人。

8 月下旬，起义军在瑞金及会昌地区击破国民党军钱大钧、黄绍竑等部的拦阻，歼敌 6000 人，缴获枪 2500 余支（挺）。起义军伤亡近 2000 人。

会昌战斗后，起义军陆续折返瑞金，改道东进，经福建省长汀、上杭，沿汀江、韩江南下。9 月 22 日，第十一军第二十五师占领广东省大埔县三河坝，主力继续南进，于 23 日占领潮安、汕头。在此期间，驻广东的国民党军第八路军总指挥李济深令钱大钧残部牵制第二十五师，令黄绍竑部经丰顺进攻潮安，令陈济棠、薛岳部 3 个师共 1.5 万余人组成东路军，由河源东进，寻起义军主力决战。据此，中共前委决定，第二十军新建的第三师驻守潮安、汕头，集中主力 6500 余人迎击东进之敌。

9 月底，起义军主力在揭阳县白石和普宁县流沙与国民党东路军激战不胜，10 月初部队大部溃散。起义军领导人分散转移，余部 1300 余人进入海陆丰地区，加入该地区的革命斗争。退出三河坝的第二十五师同由潮、汕突围的第三师一部于饶平会合后，在朱德、陈毅的率领下，转战闽粤赣湘边。最后保存下来的起义军兵力约 800 人，这些人参加了湘南起义，并

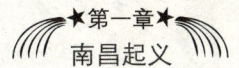

于 1928 年 4 月到达井冈山革命根据地同毛泽东领导的湘赣边界秋收起义部队会合。

南昌起义部队虽然受到很大损失,但这次起义有着巨大的历史意义。它打响了武装反抗国民党反动派的第一枪,标志着中国共产党独立创建革命军队和领导革命战争的开始。它如一支高高举起的火炬,指明了中国革命的方向,让中国人民在黑暗中看到了希望。

南昌起义的参加者将帅闪耀,计有元帅 7 人(朱德、贺龙、刘伯承、聂荣臻、陈毅、林彪、叶剑英),大将 3 人(许光达、陈赓、粟裕),上将 4 人,中将 6 人,少将 5 人,以上皆为新中国成立后授衔。

1933 年 7 月 11 日,中华苏维埃共和国临时中央政府根据中央革命军事委员会 6 月 30 日的建议,决定将 8 月 1 日定为中国工农红军成立纪念日。1949 年 6 月 15 日,中国人民革命军事委员会发布命令,规定以"八一"两字作为中国人民解放军军旗和军徽的主要标志。中华人民共和国成立后,此纪念日改称为"中国人民解放军建军节"。

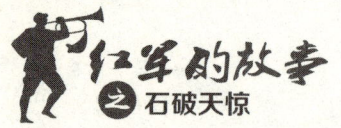

拓展阅读

朱德（1886—1976），字玉阶，四川仪陇马鞍场李家湾人。1909年考入云南陆军讲武堂，同年加入中国同盟会。1911年参加了辛亥革命。1913年后在滇军先后任营长、副团长、团长、旅长。曾参加护国、护法战争。1922年赴德国留学，同年加入中国共产党。1925年到苏联学习军事，次年回国。1927年在南昌创办国民革命军第三军军官教育团，参加领导八一南昌起义，任起义军第九军军长。1928年3月参与领导湘南起义，任起义部队第一师师长，4月任工农革命军第四军军长，5月任红军第四军军长。1930年起任红军第一军团总指挥、红一方面军总司令、中央革命军事委员会主席、红军总司令。参加了长征。抗日战争时期，任中央军委副主席，八路军总指挥（后改称第十八集团军，任总司令）。解放战争时期，任中央军委副主席、中国人民解放军总司令。协助毛泽东指挥全国解放战争。中华人民共和国成立后，任中央人民政府副主席、人民革命军事委员会副主席、中国人民解放军总司令、中华人民共和国副主席。1955年被授予元帅军衔。他是第一届国防委员会副主席，第二、三、四届全国人大常务委员会委员长，中国共产党第六、七届中央政治局委员和中央书记处书记，第八届中央副主席，第九届中央政治局委员，第十届中央政治局常务委员。1976年7月6日在北京逝世。

刘伯承（1892—1986），原名刘明昭，四川开县（今属重庆）人。

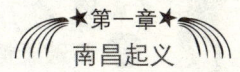

1912年考入重庆军政府将校学堂。1914年加入孙中山领导的中华革命党。在护国、护法战争中,任连长、旅参谋长、团长。1926年加入中国共产党。北伐战争时期,任国民革命军四川各路总指挥,暂任第十五军军长。1927年参加领导南昌起义,任中共前敌委员会参谋团参谋长。1928年留学苏联,1930年回国。土地革命战争时期,先后任中共中央长江局军委书记、红军学校校长兼政治委员。1932年起任中央革命军事委员会总参谋长兼中央纵队司令员、中央红军先遣队司令、中革军委总参谋长、红军大学副校长、中央援西军司令员。参加了长征。抗日战争时期,任八路军第一二九师师长。解放战争时期,先后任晋冀鲁豫军区司令员、中原军区司令员、第二野战军司令员、南京市军事管制委员会主任、南京市市长。参与指挥上党、邯郸、陇海、定陶、豫北、鲁西南、淮海、渡江、西南等战役。中华人民共和国成立后,任中共中央西南局第二书记、西南军政委员会主席。1950年起任军事学院院长兼政治委员、人民革命军事委员会副主席、军委训练总监部部长。1955年被授予元帅军衔。1957年任高等军事学院院长兼政治委员。1966年任中共中央军委副主席。他是第一、二、三届国防委员会副主席,第二、三、四、五届全国人大常务委员会副委员长,中共第七届中央委三届国防委员会副主席,第二、三、四、五届全国人大常务委员会副委员长,中共第七届中央委员,第八、九、十、十一届中央政治局委员。1986年10月7日在北京逝世。

贺龙(1896—1969),原名贺文常,字云卿,湖南桑植洪家关人。1914年加入孙中山领导的中华革命党。先后任县讨袁护国民军总指挥、

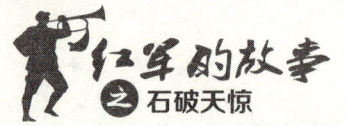

湘西护国军营长、靖国军团长、四川警备旅旅长、混成旅旅长、建国川军师长。1926年参加北伐战争,任国民革命军第九军第一师师长、第二十军军长。1927年参加领导南昌起义,任起义军总指挥,同年加入中国共产党。土地革命战争时期,先后任中国工农红军第四军军长,中共湘鄂西前敌委员会书记,红二军团总指挥兼红二军军长、红三军军长,红二、红六军团总指挥兼湘鄂川黔省革命委员会主席和湘鄂川黔军区司令员,红二方面军总指挥。参加了长征。抗日战争时期,先后任八路军第一二〇师师长、冀中军政委员会书记。1940年任晋西北军区司令员。1942年任陕甘宁晋绥联防军司令员。解放战争时期,先后任晋绥军区司令员兼晋绥野战军司令员、陕甘宁晋绥联防军司令员、西北军区司令员、中共中央西北局第二书记。参与指挥绥远及解放西北、西南等战役。中华人民共和国成立后,任西南军区司令员、中共中央西南局第三书记。1954年起任中央人民政府人民革命军事委员会副主席、国务院副总理兼国家体育运动委员会主任、中央军委副主席、中共中央军委国防工业委员会主任。1955年被授予元帅军衔。他是第一、二、三届国防委员会副主席,中国共产党第七届中央委员,第八届中央政治局委员。1969年6月9日在北京逝世。

聂荣臻(1899—1992),四川江津吴滩镇人。1919年赴法国勤工俭学。1922年加入中国社会主义青年团,翌年转入中国共产党。1924年赴苏联学习。1925年回国后,任黄埔军校政治部秘书兼政治教官、中共广东区委军委特派员、中共湖北省委军委书记。1927年任中共前敌军委书记、南昌起义军第十一军党代表,同年参与领导广州起义。土地革命战争时期,历任中共广东省委军委书记、中国工农红军总政治部副

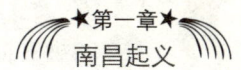

主任。1932年起任红一军团政治委员、中央红军先遣队政治委员。参加了长征。抗日战争时期，历任八路军第一一五师副师长、政治委员。1937年起任晋察冀军区司令员兼政治委员、中共中央晋察冀分局书记。解放战争时期，历任华北军区司令员、中共中央华北局第二书记、中国人民革命军事委员会副总参谋长、平津卫戍区司令员。参与指挥正太、清风店、石家庄、平津等战役。中华人民共和国成立后，任北京市市长，人民革命军事委员会副主席，中国人民解放军副总参谋长、代总参谋长。1955年被授予元帅军衔。1956年任国务院副总理兼中央科学小组组长。1958年兼任国家科学技术委员会主任、国防科委主任。1959年任中共中央军委副主席。他是第一、二、三届国防委员会副主席，第四、五届全国人大常委会副委员长，中国共产党第七届中央委员，第八届中央政治局委员，第九、十届中央委员，第十一、十二届中央政治局委员。1992年5月14日在北京逝世。

陈毅(1901—1972)，字仲弘，四川乐至复兴场人。1919年赴法国勤工俭学。1921年回国。1922年秋加入社会主义青年团，1923年秋转入中国共产党。1927年在南昌起义部队任第十一军第二十五师第七十三团政治指导员。参加领导湘南起义。土地革命战争时期，先后任工农革命军第一师党代表，红军第四军第十二师党代表、师长，红四军军委书记、军政治部主任，红六军、红三军政治委员，中共赣西南特委书记，红二十二军军长，红西军区总指挥，红西方军总指挥，中华苏维埃共和国中央政府办事处主任。领导了南方三年游击战争。抗日战争时期，任新四军第一支队司令员，江南指挥部、苏北指挥部指挥，新四军代军长。解放战争时期，任新四军军长兼山东军区司令

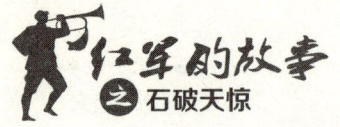

员。1947年起任华东军区司令员、华东野战军司令员兼政治委员。1948年任中原军区和中原野战军副司令员。1949年任第三野战军司令员兼政治委员。参与指挥宿北、莱芜、孟良崮、淮海、渡江、上海等战役。中华人民共和国成立后，任华东军区司令员兼上海市市长、人民革命军事委员会副主席、国务院副总理兼外交部部长、中共中央军委副主席。1955年被授予元帅军衔。他是第一、二、三届国防委员会副主席，中国人民政治协商会议第三、四届全国委员会副主席，中国共产党第七届中央委员，第八届中央政治局委员，第九届中央委员。1972年1月6日在北京逝世。

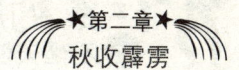

第二章　秋收霹雳

西江月·秋收起义

军叫工农革命，旗号镰刀斧头。匡庐一带不停留，要向潇湘直进。地主重重压迫，农民个个同仇。秋收时节暮云愁，霹雳一声暴动。

——毛泽东

"枪杆子里面出政权"

1927年8月3日，南昌起义胜利的消息传来后，中共中央发布了《关于湘鄂粤赣四省农民秋收暴动大纲》，决定在工农运动基础较好的湖南、湖北、广东、江西四省发动秋收起义，要求四省"以农会为中心"，建立革命政权，实行土地革命。中央指出，湖南的秋收起义，要在以衡阳为中心的湘南地区和以长沙为中心的湘中地区同时发动；在以宝庆（今邵阳市）为中心的湘西南地区，如有可能，也可同时发动；湘西地区也要有相当的准备，以备湖北省某一部队到湘西时就能行动。

8月7日的武汉，一片白色恐怖，形势非常紧张。中共中央在汉口三教街41号秘密召开紧急会议。会议只召开了一天，共三项议程。一是共产国际代表作报告，二是中央常委代表瞿秋白作报告，三是改选临时中央政治局。会议确定了实行土地革命和武装反抗国民党反动派的总方针。会议

★八七会议会址

进入讨论阶段后,作为中央委员的毛泽东首先发言。他从国共合作时不坚持政治上的独立性、党中央不倾听下级和群众意见、抑制农民革命、放弃军事领导权4个方面提出了尖锐的批评意见。他指出:"对军事方面,从前我们骂中山(孙中山)专做军事运动,我们则恰恰相反,不做军事运动专做民众运动。蒋(蒋介石)、唐(唐生智)都是拿枪杆子起家的,我们独不管。现在虽已注意,但仍无坚决的概念。比如秋收暴动非军事不可,此次会议应重视此问题,新政治局的常委要更加坚强起来注意此问题。湖南这次失败,可说完全由于书生主观的错误。以后要非常注意军事,须知政权是由枪杆子中取得的。"最后,毛泽东谈到了组织问题,他说:"以后上级机关应尽心听下级的报告,然后才能由不革命的转入革命的。"

会后,毛泽东作为新当选的中央政治局候补委员,受中央委托,以中央特派员身份回到长沙,传达中央指示,改组湖南省委,组织领导湖南地区的秋收起义。

打出共产党的旗子

8月12日,毛泽东秘密回到长沙,把杨开慧送回乡下的娘家——板仓村。在板仓村,毛泽东用了两天的时间进行调查,了解到当地农民要求全

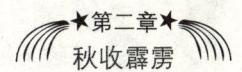

盘解决土地问题的想法。回长沙后,他又征询由老家韶山来省城的农民的意见。经过同他们的会商,毛泽东拟出土地纲领数条,包括"没收一切土地"等。毛泽东还了解到,在国民党军队残酷镇压工农运动后,群众对国民党的看法已彻底改变。他在给中央的信中说:"国民党旗子已成军阀的旗子,只有共产党旗子才是人民的旗子。这一点我在鄂时还不大觉得,到湖南来这几天,看见唐生智的省党部是那样,而人民对之则是这样,便可以断定国民党的旗子真不能打了。"

8月16日,中共湖南省委改组。

8月18日,长沙市郊沈家大屋内,湖南省委召开会议,深入讨论秋收起义,毛泽东提出了四个问题。

一是旗帜问题。南昌起义时,打的是"国民党左派"的旗子。

★沈家大屋

八七会议也是同样的规定。中共中央还认为,湖南国民党左派的下级党部比其他省的都要有基础,更需要团结他们共同斗争。毛泽东坚决主张:湖南秋收起义时"我们应高高打出共产党的旗子",不能再照八七会议规定的那样打"国民党左派旗帜"。

二是暴动问题。当时党内普遍认为暴动主要应该依靠农工武装,军队只能起次要的作用,否则便是"军事冒险"。毛泽东明确地提出:"要发动暴动,单靠农民的力量是不行的,必须有一个军事的帮助。有一两团兵力,这个就可起来,否则终归于失败。"面对控制着全国政权的国民党正规部

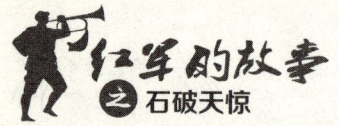

队,如果单靠地方性的农民暴动,没有一定数量的经过严格训练和有严密组织的革命军队参加并作为骨干,那些分散的农民在同国民党军队作战时通常终归于失败。毛泽东以强烈的语气说:"暴动的发展是要夺取政权。要夺取政权,没有兵力的拥卫去夺取,这是自欺的话。我们党从前的错误,就是忽略了军事,现在应以百分之六十的精力注意军事运动。实行在枪杆上夺取政权,建设政权。"

三是土地问题。八七会议决定的是没收大中地主的土地。毛泽东提出:"中国大地主少,小地主多,若只没收大地主的土地,则没有好多被没收者。被没收的土地既少,贫农要求土地的又多,单只没收大地主的土地,不能满足农民的要求和需要。要能全部抓着农民,必须没收地主的土地交给农民。"并且提到:"对被没收土地的地主,必须有一个妥善的方法安插。"

四是暴动的区域。当时,作为原定起义中心区域的湘南的局势已起变化。由于唐生智部队南下,湘南同长沙事实上已被隔绝。中共中央要求湖南举行"全省暴动"。湖南省委经过反复讨论,认为"以党的精力及经济力量计算,只能制造湘中四围各县的暴动,于是放弃其他几个中心。湘中的中心是长沙"。当时湖南省委书记彭公达说:"缩小范围的暴动计划,泽东持之最坚。"

8月19日,中共湖南省委将湖南秋收暴动以长沙为发动点的计划,报告给中共中央。

8月20日,毛泽东致信中共中央,报告了他对一些重大政策问题的不同意见。八七会议虽然正确地确定了实行土地革命和武装反抗国民党反动派的总方针,但是如何根据实际情况来实行这个总方针,还有许许多多未曾得到解决的问题,党对处理这些新问题又十分缺乏经验。能够在这样一

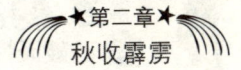

系列重大政策问题上，如此旗帜鲜明而又切合实际地提出和中共中央乃至共产国际代表不同的意见，确实充分显示出毛泽东的过人胆识和求实精神。主持中央工作的瞿秋白曾在政治局常委会上指出："我党有独立意见的要算泽东。"

8月22日，中共中央召开常委会研究湖南省委的秋收暴动计划和毛泽东的信件。在讨论中，有人批评毛泽东"枪杆子中夺得政权"的论断和中央不同，说中央才是"纯粹信任群众力量，以军事力量为帮助"。

8月23日，中共中央给湖南省委复信，原则上表示以长沙为发动点的计划是对的，但批评暴动计划"偏重于军力，其结果只是一种军事冒险"；并且提出"此时我们仍然要以国民党名义来赞助农工的民主政权"，如果抛去国民党的旗帜、实现苏维埃政权，"这是不对的"；在土地问题上，还主张"这时主要口号是'没收大地主土地'，对小地主则提出减租的口号"。实际上这是驳回了湖南省委和毛泽东的主张。

毛泽东和湖南省委坚持从实际情况出发，对中共中央复信采取分析的态度，对其中符合实际情况的部分贯彻执行，对不切实际的批评给予答复，"指出此间两点错误，事实及理论均非如兄所说"。第一，"兄处谓此间是军事冒险"，"实在是不明了此间情形，是不要注意军事又要民众武装暴动的一个矛盾政策"。第二，"兄谓此间专注意长沙工作，而忽略各地，这并不是事实"，"没有把衡阳做第二个发动点，是因为我们的力量只能做到湘中起来；各县暴动，力量分散了，恐连湘中暴动的计划也不能实现"。

形势的发展使中共中央的认识也逐渐有了变化。虽然3周以后，中共中央下发《关于"左派国民党"及苏维埃口号问题决议案》等两个文件，宣布"八月决议案中关于左派国民党运动与在其旗帜下执行暴动的一条必须取消"；"现在的任务不仅宣传苏维埃的思想，并且在革命斗争新的高潮

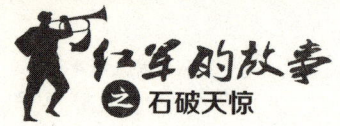

中应成立苏维埃";"对于小地主的土地必须全部没收,实现'耕者有其田'的原则",但在当时,中央对有些问题的看法仍和毛泽东并不一致。

当时,在湘赣边界存在着几支革命的武装力量:一支是共产党员卢德铭任团长的国民革命军第二方面军总指挥部警卫团,因为没有赶上参加南昌起义而停留在那一带;一支是平江、浏阳等地的工农义勇队或农民自卫军;还有一支是准备起义的安源路矿的工人武装。

8月下旬,警卫团和平江、浏阳工农义勇队的负责人在湘赣边界的江西修水山口镇举行会议,决定合编为一个师:警卫团为第一团,驻修水;浏阳工农义勇队为第三团,驻铜鼓;平江工农义勇队分别补入这2个团。因为卢德铭已去武汉向中共中央报告工作,所以由余洒度任师长。此外,安源铁路煤矿工人纠察队、矿警队,和安福、莲花、萍乡、醴陵、衡山等地的农民自卫军可以合编为一个团。这几支部队就是毛泽东领导湘赣边界秋收起义时的主要力量。在国民党当局加紧镇压措施的情况下,必须迅速决定行止。

秋收起义已如箭在弦上,一触即发。紧迫的局势,不容许中共中央和毛泽东等之间的争论充分发展下去。

"霹雳一声暴动"

8月30日,中共湖南省委在长沙接到安源市委有关湘赣边界工农武装情况的报告后召开了省委常委会议,讨论确定湖南秋收暴动的计划。会议决定,首先集中力量,组织以长沙为中心,包括湘潭、醴陵、浏阳、平江、岳阳、宁乡和江西安源7县(镇)的起义。计划于9月9日开始破坏铁路,11日各县同时起义,15日长沙起义,16日各路起义武装会师长沙,进而夺取长沙;成立以毛泽东为书记的中共湖南省委前敌委员会作为秋收暴动的

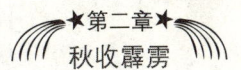

领导机构。会议还制定了明确的暴动纲领:(一)省的党组织同国民党完全脱离关系;(二)组织工农革命军;(三)没收大地主以及中、小地主的土地财产;(四)在湖南建立独立于国民党的共产党力量;(五)组建工农兵苏维埃。

9月初,毛泽东化装赶到安源,在张家湾召开会议,传达中央八七会议精神和湖南省委的秋收起义计划。会议决定,将湘赣边界参加起义的工农武装编为工农革命军第一军第一师,余洒度任师长,余贲民任副师长。其下辖3个团:第一团,位于修水,由原国民革命军第二方面军总指挥部警卫团、平江工农义勇队和湖北崇阳、通城两县农民自卫军组成;第二团,位于安源,由安源工人纠察队和安福、永新、莲花、萍乡、醴陵等县部分农民自卫军组成;第三团,位于铜鼓,由浏阳工农义勇队和警卫团、平江工农义勇队各一部组成。全师共5000余人。会上正式组成以毛泽东为书记的中共湖南省委前敌委员会,统一领导湘赣边界秋收起义。前委计划:第一团夺取平江,第二团夺取萍乡、醴陵,第三团夺取浏阳;各路得手后,

★秋收起义铜鼓纪念馆

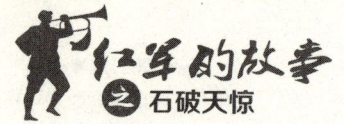

3路齐向长沙推进,在各县农民起义军和长沙市工人起义的配合下,夺取长沙。起义前夕,原国民革命军第二方面军总指挥部警卫团团长卢德铭由武汉回到湖南,担任起义总指挥。会议决定,毛泽东和浏阳县委书记潘心源在会后赶到铜鼓,直接指挥这一路的行动。会议对安源工作也作了布置:以安源工人和矿警队为主力,起义后进攻萍乡和醴陵,对长沙取包围之势,但决不能放弃萍乡、安源,"使敌人断绝我们的退路"。

9月6日,毛泽东以中共湖南省委前敌委员会的名义,向在铜鼓的第三团下达起义计划和部署,通知他们将参加起义的部队名称统一定为工农革命军第一军第一师,并要他们立刻将这个决定和行动计划向在修水的师部和第二团转达。

当时,国民党内两派间的宁汉对立尚未结束。唐生智的主力还在东征前线,湖南的兵力比较薄弱,但他们仍在加紧镇压活动。8月中旬,唐生智指令湖南省政府代主席周斓致电驻防萍乡的师长胡文斗注意防范,并调集其他军队准备呼应。9月6日,长沙卫戍司令部截获长沙市共产党组织给各支部的关于中秋节举行武装起义的密令,随即宣布从9月8日起,"特别戒严5日,每日晚10时,即断绝交通,并于中秋日加紧戒严,军警停止放假,日夜满街,均放步哨,以防暴动"。

毛泽东在安源作好安排后,身穿白色褂子和长裤,扮作安源煤矿的采购员,由潘心源陪同赶往铜鼓。不料,走到湖南浏阳张家坊村,毛泽东被民团巡逻查房队抓住,幸而后来在被押往民团总部的途中机智脱险。这段经历,毛泽东在20世纪30年代曾向美国记者斯诺谈过:

"当我正在组织军队、奔走于汉冶萍矿工和农民武装之间的时候,我被一些与国民党勾结的民团抓到了。那时候,国民党的恐怖达到顶点,数以百计的共产党嫌疑分子被枪毙。那些民团奉命把我押到民团总部去处死。

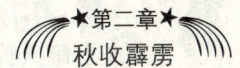

我从一个同志那里借了几十块钱，打算贿赂押送的人释放我。普通的士兵都是雇佣兵，枪毙我对他们并没有特别的好处，他们同意释放我，可是负责的队长却不允许。因此我决定设法逃跑。但是，直到离民团总部大约不到200米的地方，我才找到机会。我一下子挣脱出来，往田野里跑。

"我跑到一个高地，下面是一个水塘，周围长了很高的草，我在那里躲到日落。士兵们在追踪我，还强迫一些农民帮助他们搜寻。有好几次他们走得很近，有一两次我几乎可以用手接触到他们。尽管有五六次我已放弃任何希望，认为自己一定会再次被抓住，可是不知怎么的我没有被他们发现。最后，天近黄昏了，他们放弃了搜寻。我马上翻山越岭，彻夜赶路。我没有穿鞋，脚底擦伤很厉害。路上我遇到一个友善的农民，他给我住处，后来又带领我到了邻县。我身边有7块钱，用这钱买了一双鞋、一把伞和一些食物。当我最后安全到达农民武装那里的时候，我的口袋里只剩下2个铜板了。"

9月9日，震动全国的湘赣边界秋收起义如期爆发。在修水县渣津，起义总指挥卢德铭将提前做好的工农革命军第一军第一师的旗帜授予起义部队，庄严宣布举行秋收起义。湖南省委组织铁路工人和长沙市郊的部分农民军破坏了长沙至岳阳、长沙至株洲段的铁路。一直到15日，敌方的铁路运输始终不能顺利地通车。

9月10日，毛泽东到达铜鼓，宣布将浏阳工农义勇队改编为工农革命军第一军第一师第三团，向浏阳进发。

9月10日深夜，安源工农武装和矿警队起义，组成工农革命军第一师第二团，向萍乡方向前进。

9月11日，工农革命军第一师按计划举行起义。师部带第一团从江西修水向湖南平江进发。由此形成了分3路向平江、浏阳、萍乡推进的态势。毛泽东兴奋地写下了《西江月·秋收起义》：

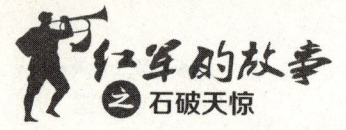

军叫工农革命,旗号镰刀斧头。匡庐一带不停留,要向潇湘直进。

地主重重压迫,农民个个同仇。秋收时节暮云愁,霹雳一声暴动。

但当时全国革命形势已走向低潮,反动军事力量在各处都大大超过革命力量。就湘赣边界来说,群众没有被充分发动起来。后来中共中央派任弼时到湖南去调查时,夏明翰告诉他:"这次我军所到之地农民并未起来,远不及北伐军到时农民的踊跃。大多数农民甚恐慌不敢行动,恐怕军队失败大祸来临的心理充满了农民的脑筋。"本来就很薄弱的兵力又分散使用,各自为战,行动并不统一,进攻目标又是湖南的中心城市长沙。无疑,这个计划是难以实现的。

起义军师部和第一团首先占领了平江县龙门厂,但当部队行至平江县金坪时,突遭起义前夕由余洒度收编的贵州军阀王天培残部邱国轩团袭击,部队被打散,损失200多人、枪,后经收容转向第三团靠拢。

第二团由安源出发攻打萍乡县城未克,转兵攻占萍乡以西之老关,歼守敌1个排,随即继续西进,在当地农民自卫军的配合下一举攻占醴陵县城,歼敌1个部,俘敌100多名,缴枪70多支。国民党湖南当局急调湘赣边界国民党军向醴陵反扑,第二团主动撤出县城,向浏阳进发,在农民自卫军的配合下,袭占浏阳县城。后遭到醴陵追来之敌的突然袭击,部队因戒备疏忽,仓促应战,在突围时损失过半。

第三团在毛泽东的直接指挥下由铜鼓出发,当天下午攻占浏阳和白沙,击溃国民党军1个营和当地挨户团,打死打伤敌连长以下官兵10余人。首战告捷,毛泽东非常兴奋,称赞这一仗是旗开得胜,马到成功。部队接着前进,于12日下午又攻克东门市,歼敌1部。14日,国民党军约2个营的

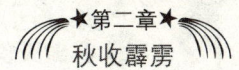

部队分路向东门市反扑,占领了羊牯垴制高点。毛泽东指挥第三营配合第一营向敌羊牯垴阵地反击,激战6小时未果,第三团遂向上坪转移。

在工农革命军分路进攻期间,平江、浏阳、醴陵、株洲、安源等地的工农群众在各地共产党组织的领导下,都举行了不同规模的武装起义。但是,在国民党反动派残酷镇压下,许多农民运动骨干或被逮捕杀害,或被迫离开家乡,而农民群众又普遍存在着害怕起义失败后又遭残杀的顾虑,因而这次起义从整体上而言,未能形成有更多农民参加的群众性暴动。

9月14日晚,第三团部干部会议召开。鉴于工农革命军进攻行动中途受挫,驻长沙的国民党军又加强了戒备,会议建议停止执行原来准备发动的长沙暴动计划。15日,中共湖南省委决定停止原定16日晨在长沙发动暴动的计划。

鉴于第一、二、三团进攻均受挫,会攻长沙的计划已无法实现,毛泽东当机立断,改变原有部署,下令各路起义部队停止进攻,退到浏阳文家市集中。这时,工农革命军第一军第一师减员过半,受到严重挫折。

在湘赣边界起义的原定计划严重受挫的情况下,起义军立刻需要作出抉择:是继续进攻还是实行退却?继续进攻,在当时敌我力量悬殊的实际情况下,只会导致全军覆没。如果退却的话,向哪里退却?违背中央决定,会不会被加上"逃跑"的罪名?部队何去何从?毛泽东陷入了沉思。

三湾改编上井冈

9月19日晚,毛泽东在文家市里仁学校主持召开师、团主要负责人参加的前敌委员会会议,讨论工农革命军今后的行动方向问题。工农革命军第一师师长余洒度仍坚持"取浏阳直攻长沙",这是符合中共中央的主张

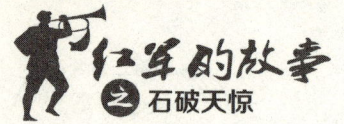

的，起义部队中也有不少人抱有这种情绪。毛泽东冷静地对形势作出客观的判断，认定当地农民起义并没有形成巨大声势，单靠工农革命军的现有力量不可能攻占国民党军队加强设防的长沙，湖南省委原来的计划已无法实现。因此他主张放弃进攻长沙，把起义军向南转移到敌人统治力量薄弱的农村山区，寻找落脚点，以保存革命力量，再图发展。提出这个主张，在当时是需要极大勇气的。经过激烈争论，会议在总指挥卢德铭等人的支持下通过了毛泽东的主张，"议决退往湘南"。

对初创时期弱小的革命军队来说，为了避免在力量不够的时候同强大的敌人决战，为了求得自身的生存和发展，唯一的办法就是把进军方向转向农村，特别是转向两省或数省交界的山区。从进攻大城市转到向农村进军，这是中国人民革命历史中具有决定意义的新起点。这个决定，从形式上看似乎是后退，其实是一个突破性的进展。它既符合当时中国的具体情况，也符合马克思列宁主义的基本原则。邓小平1978年在谈到中国共产党实事求是的优良传统时说道："列宁曾经领导布尔什维克党在帝国主义世界的薄弱环节——俄国搞革命取得胜利，我们中国军阀分割，先到敌人控制薄弱地区搞革命，'这在原则上是相同的'，不过，我们不是先搞城市而是先搞农村。"

9月19日当天，中共中央根据共产国际驻长沙代表马也尔的报告，作出要求湖南省委再攻长沙城市的决议。决议指责中央特派员和湖南省委停止长沙暴动和放任株洲、醴陵、平江、浏阳农军退走是"临阵脱逃"，责令湖南省委"应一面命令萍、浏、江一带工农军进攻长沙，一面立即爆发长沙的暴动"。中央这个决议送到湖南时，秋收起义军已经开拔南下，无法执行了。

9月20日清晨，毛泽东在文家市里仁学校操场上向全师指战员宣布改变行动方向的决定。他满怀信心地说："现代中国革命没有枪杆子不行，有枪杆子才能打倒反动派。这次武装起义受了挫折，算不了什么！胜败乃兵

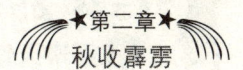

家常事。我们当前力量还小,还不能去攻打敌人重兵把守的大城市,应当先到敌人统治薄弱的农村,去保存力量,发动农民革命。我们现在好比一块小石头,蒋介石反动派好比一口大水缸,但总有一天,我们这块小石头,一定要打烂蒋介石那口大水缸!"这次讲话,大大鼓舞了刚刚受到严重挫折的起义军的士气。

当时,南下的路途也充满险情。在这前后,湖南省国民党当局已调兵到浏阳一带"追剿",江西当局也派兵到铜鼓、萍乡一带堵击。周斓获悉起义军"系全国著名共产党首领毛泽东在主持"后,"立即加派第八军第一团车炳谦营长于24日全部赴浏阳'协剿',一面通令各军,如获毛逆者,赏洋5000元"。这给工农革命军的转移,造成了极大的困难。

起义军在文家市住了两夜,便沿湘赣边界南下。因为湘军战斗力强,赣军战斗力较弱,工农革命军便沿江西一侧前进。这一带都是山区,道路难行,疾病蔓延,还有国民党军队不时的围追堵击。毛泽东头戴竹笠,走在战士行列中,同战士交谈,鼓励战士们勇敢向前。行军途中,毛泽东接到宋任穷从江西省委带回的信件,得知罗霄山脉中段的宁冈有一支我党领导的武装,他们有几十支枪。这个情况毛泽东以前在安源张家湾会议上曾听王兴亚谈到过,现在又得到了证实。但详细的情况还不清楚。工农革命军的行军路线几乎是直线向南的,当进到江西省萍乡县上栗村时,得知萍乡县城驻有国民党的重兵,不能通过,便改道在芦溪宿营。

9月25日,工农革命军向莲花方向前进,因为侦察不力,情况不明,后卫遭到国民党军队袭击,仓促应战,造成人枪各损失300。总指挥卢德铭为了掩护后卫部队撤退而英勇牺牲,年仅23岁。这是一个重大的损失。毛泽东十分痛惜这位年轻将才的牺牲,愤怒地斥责侦察不力、指挥错误的第三团团长:"还我卢德铭!"当天,工农革命军到达莲花县甘家村。由于一

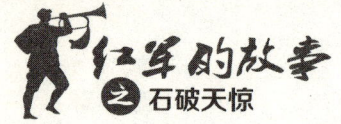

挫再挫,总指挥牺牲,部队情绪十分低落。这时,莲花县党组织派人前来联络。工农革命军得知莲花县农民自卫军前几天攻城失败,被关押了90多人,而国民党在莲花县城的守兵只有部分保安队,战斗力不强。于是毛泽东召开前委会议,一致决定攻打莲花县城。

9月26日,工农革命军冒雨奔袭,在当地工农群众的配合下,一举攻克县城。革命军砸开牢房,救出被关押的共产党员和革命群众100多人;打开县政府粮仓,将粮食分发给贫苦群众。这是从文家市南下后工农革命军攻下的第一个县城,使连连受挫的工农革命军指战员又兴奋起来。

这时,起义军领导层内部发生了严重的问题。担任工农革命军第一师师长的余洒度,原来并不归湖南省委领导,也没有把毛泽东任书记的湖南省委前敌委员会真正放在眼里。前委从安源通知他率第一团到铜鼓和第三团会合进攻浏阳时,他没有理睬,反而自行下令进攻平江,使部队遭受严重损失。之后,只是"因情形不明,不得已,乃将部队回头,跟着三团退"。到文家市后,他又主张经浏阳进攻长沙,同毛泽东发生严重争执,但当时他的上级,坚决支持前委的总指挥卢德铭已回部队,对他还有约束作用。卢德铭牺牲后,余洒度对前委领导不尊重的态度便越来越明显起来。进入莲花县城后,毛泽东参加他召集的军事会议,得知他警惕性不高,将抓获的县保安队长放走了,便严厉地批评他:"县保安队离城里只有几公里,我们这些人的生命都交在你手上了,你还开什么会?"余洒度不但不接受批评,反而轻蔑地说:"什么!你怕死吗?我可以担保,你若死了,我抵你的命。"之后,工农革命军从莲花开拔,朝永新方向前进,因为天色尚早,毛泽东便提议往前再走10里后宿营。余洒度私下又十分不满地说:"我当什么师长,连10里路的指挥权都没有了。"

行军途中十分艰苦。毛泽东的脚被草鞋磨破,步履艰难。战士们临时捆了一副竹竿担架，要抬他走，他坚决不肯。同他一起行军的谭希林回忆道："他拒绝道，大家走我也走，大家休息我也休息，我走不赢就慢慢跟着走。他忍着疼痛，一边走一边同战士们亲切交谈。毛泽东同志这种艰苦奋斗的精神，使我们非常感动。"毛泽东同战士们的关系十分融洽。

当时的局势依然是严峻的。起义军转兵南下以来，一路艰苦战斗，指挥员牺牲，伤员增加；连续行军，长途跋涉，有些人因为怕艰苦不辞而别；疟疾流行，病员增多，一些人掉了队，少数伤病员因缺医短药死在行军路上。一些长官还存在打骂士兵的旧军队习气，党组织也不健全。曾在这支队伍里行进的赖毅回忆说："那时，逃跑变成了公开的事，有的竟然互相询问'你走不走'，'你准备往哪儿去'，这真是一次严重的考验。"这些问题不解决，部队的战斗力就无法保持，部队就很难继续前进。

9月26日，部队翻过山口，于9月29日到达永新县三湾村宿营。这里群山环抱，追敌已被摆脱，又没有地方反动武装，比较安全。部队在村里住了5天。这是工农革命军自秋收起义以来第一次得到从容休整的机会。进村的当晚，毛泽东在泰和祥杂货铺召开中共前敌委员会扩大会议，讨论部队现状及其解决措施，决定对部队实行整顿和改编。这就是著名的三湾改编。

三湾改编的主要内容：第一，把已经不足1000人的部队，缩编为1个团，称工农革命军第一军第一师第一团，由陈浩担任团

★三湾改编纪念馆

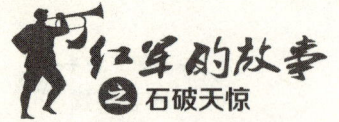

长,这实际上取消了余洒度对军队的指挥权;下辖一、三2个营,以及特务连、卫生队、军官队、辎重队各1个,共有700多支枪;改编时,毛泽东宣布愿留则留,愿走的发给路费,将来愿意回来还欢迎。第二,在部队内部实行民主制度,官兵平等,待遇一样,规定官长不准打骂士兵,士兵有开会说话的自由;在连以上建立士兵委员会。士兵委员会有很大的权力,参与部队的行政管理和经济管理,官长要受它的监督。第三,全军由党的前敌委员会统一领导。各级部队分别建立党的组织:班排设小组,支部建立在连队上,营、团建立党委;连以上设党代表,由同级党组织的书记担任。部队的一切重大问题,都必须经党组织集体讨论决定。这三项措施逐渐改变了旧式军队的习气和农民自由散漫的作风,是一个需要极大魄力才能实行的了不起的改革。三湾改编是建设新型人民军队的重要开端,在人民军队的建军史上有重大意义。

在三湾,毛泽东还提出一个重要问题:我们要和地方结合起来,要取得地方的支持。一方面我们把伤病员交给他们,他们可以把我们的伤病员安置好;另一方面我们可以发枪给他们,帮助他们发展起来,这样我们就不会被敌人打垮。这多少已具备了武装斗争要同建立农村革命根据地结合的思想。毛泽东按照中共江西省委的介绍,派人同宁冈县党组织和驻在井冈山北麓宁冈茅坪的袁文才部取得了联系。

10月3日,毛泽东在部队离开三湾前,对刚刚进行了改编的部队全体指战员作动员。他说:"敌人在我们后面放冷枪,没有什么了不起。大家都是娘生的,敌人有两只脚,我们也有两只脚。贺龙同志两把菜刀起家,现在当军长,带了一个军。我们现在不止两把菜刀,我们有两营人,700多条枪,还怕干不起来吗?"朴实的话语,极大地鼓舞了士气。继续行军途中大家纷纷议论:"毛委员不怕,我们还怕什么?""贺龙两把菜刀能够起家,我

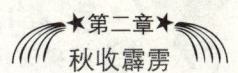

们几百人还不能起家吗?"

部队当天到达宁冈县古城,召开了前委扩大会议。会议根据八七会议的精神,总结了湘赣边界秋收起义以来的经验教训。毛泽东指出,现在我们人少了,但是很精干,大有希望。会议着重研究了在罗霄山脉中段建立落脚点和开展游击战争的问题,认为井冈山是理想的落脚场所。会议还认为,对原在井冈山的袁文才、王佐这两支地方武装,要从政治上、军事上对他们进行团结和改造。

10月下旬,部队到达井冈山的茨坪,开始了创建井冈山革命根据地的斗争。

秋收起义是中国共产党在土地革命时期领导的一次伟大起义,它所创建的部队,是红军的重要组成部分,成为创建井冈山革命根据地的伟大力量。秋收起义的领导者和参加者中的很多人后来成为新中国的开国将帅,其中元帅1人(罗荣桓),大将1人(谭政),上将5人,中将6人,少将5人。

★井冈山革命博物馆

秋收起义,首次公开打出中国共产党领导革命武装反对国民党反动派的旗帜,在全国人民面前进一步表明了中国共产党独立领导中国革命战争的决心。起义受挫后,毛泽东毅然放弃进攻中心城市长沙的原定计划,率部向井冈山进军,走上了在农村开展游击战争建立革命根据地,以保存和发展革命力量的道路。

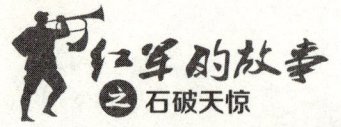

拓展阅读

  罗荣桓(1902—1963)，湖南衡山(今衡东)寒水乡南湾村人。1927年加入中国共产主义青年团，同年转入中国共产党。参加了湘赣边界秋收起义。土地革命战争时期，先后任工农革命军第一军第一师第一团特务连党代表，红军第四军第十一师第三十一团营党代表，第二纵队党代表，红四军政治委员。1932年起任红一军团政治部主任，江西军区政治部主任，红军总政治部巡视员、动员部部长，红八军团政治部主任，红军大学第一科政治委员。1937年任军委后方政治部主任、红一军团政治部主任。参加了长征。抗日战争时期，任八路军第一一五师政治部主任，第一一五师政治委员，山东军政委员会书记，第一一五师代师长兼政治委员。1943年起任山东军区司令员兼政治委员、中共中央山东分局书记。解放战争时期，先后任东北民主联军副政治委员、东北军区副政治委员、东北野战军政治委员。1949年起任第四野战军第一政治委员，中共中央华中局第二书记，华中军区、中南军区第一政治委员。参与指挥辽沈、平津等战役。中华人民共和国成立后，任中央人民政府最高人民检察署检察长，中国人民解放军总政治部主任兼总干部管理部部长，人民革命军事委员会副主席。1955年被授予元帅军衔。他是第一、二届国防委员会副主席，第一、二届全国人大常委会副委员长，中共第七届中央委员，第八届中央政治局委员。1963年12月16日在北京逝世。

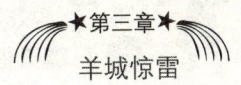

第三章　羊城惊雷

头可断，肢可折，革命精神不可灭。

壮士头颅为党落，好汉身躯为群裂。

——周文雍

紧锣密鼓

广东位于中国东南沿海，最早接受西方民主主义思想的影响，曾经是大革命的发源地和根据地。广州作为它的中心，因其独特的地理环境和深厚的物质基础，成为各派势力竞相争夺的宝地。

1927年，蒋介石和汪精卫相继叛变革命后，广东省反动政府亦大肆屠杀共产党员和革命群众。英勇的广东人民在中国共产党的领导下奋起反抗。4月23日，广州海员、汽车司机等数千人举行罢工；6月19日，2万多名工人举行游行；10月14日，海员工人5000余人举行罢工，并在广州西瓜园召开群众大会。

8月20日，中共广东省委书记张太雷向省委传达了八七会议精神，讨论了广东全省

★张太雷

的暴动计划,准备在广州市和广东省各地发动工人、农民举行暴动,配合南昌起义军夺取广东政权,并决定成立广州、西江和北江暴动委员会。随后,中共广东省委和广东各地区党组织即展开了紧张的工作。

10月初,南昌起义军在潮安(今潮州)、汕头地区遭受严重损失,中共广东省委根据中共中央的指示,修改了短期内夺取全省政权的计划,改为在广州积极发动和组织工人进行政治和经济斗争,在其他地区则继续发展暴动。

11月17日,南下的原国民党第二方面军总指挥张发奎在广州站稳脚跟后,在蒋介石、汪精卫的支持下,发动倒李政变,推翻了李济深、黄绍竑在广东的统治,夺取了广东政权。李济深为了夺回在广东失去的地盘,迅速集中兵力,进行反扑。

粤桂战争由此爆发。

11月18日,广州工人举行大规模的示威活动,提出了"实行暴动""打倒军阀""建立广州工农代表会"等口号。

中共中央鉴于粤桂战争爆发和广东工人罢工这一风起云涌的形势,当即通过《广东工作计划决议案》,要求广东省委"坚决地扩大工农群众在城市、在乡村的暴动,煽动士兵在战争中哗变和反抗,并急速使这些暴动会合而成为总暴动,以取得全省政权,建立工农兵士代表会议的统治"。依据中共中央的指示,广东省委展开了紧张的工作,除要求各地利用粤桂军阀之间的战争,发动农民拒交冬租、举行暴动之外,还特别关注组织和领导广州市的暴动。

11月26日,张太雷从香港返回广州,秘密召开了由部分省委常委参加的会议,具体研究了广州暴动的准备工作,决定乘张发奎在广州兵力薄弱的有利时机,组织共产党所掌握的第四军教导团和警卫团一部以及工农

武装，举行武装起义，并成立了以张太雷为委员长，黄平、周文雍为委员的革命军事委员会，负责领导起义。会后，张太雷等人到教导团和警卫团中进行起义的动员与组织工作，并着手组织与训练工人赤卫队，将工人赤卫队编成7个联队、2个敢死队、3个特别队和1个消息局，周文雍任总指挥。同时，发动与组织郊区的农民参加起义。第四军教导团由原国民党中央军事政治学校分校改编而成，叶剑英曾兼任团长。为保护和发展这支为共产党所掌握的部队，叶剑英做了卓有成效的工作。该团共1000余人，装备较好，战斗力也较强，是广州起义的主要武装力量。第四军警卫团是新建武装，团长梁秉枢及部分连、排长是共产党员，该团也相当有战斗力。

12月6日，中共广东省委在张太雷的主持下，召开紧急会议。会议讨论通过了起义的政纲、宣言、告民众书等文件，以及成立苏维埃政府和人事安排等问题，研究了起义力量的部署和军事行动，并决定于12月12日举行起义。随后又成立了起义军总指挥部和参谋部，叶挺任总指挥，叶剑英任副总指挥。起义前夕，汪精卫和张发奎对起义的计划有所察觉，准备解散教导团，在广州实行戒严，并急电黄琪翔和其他远离广州的部队迅速赶回。在此紧急关头，中共广东省委决定提前于11日凌晨举行起义。

迅雷出击

12月11日凌晨3时30分，寂静的广州城内突然响起了划破夜空的枪声！教导团分3路出发；警卫团在同一时刻采取了行动，分2路出击；分散在各处待命的工人赤卫队在听闻起义信号后纷纷出击；黄埔特务营的官兵也举起了起义的旗帜。

教导团炮兵连第三排负责攻打新编第一师司令部，也就是薛岳的司令

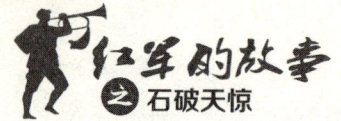

部。从时间顺序上看,这一进攻行动打响了广州起义的第一枪。薛岳司令部位于东校场西北3层大楼里,距离教导团驻地跑步只需10分钟。面对这个师司令部的400多个新兵,教导团的30多个勇士以一当十勇猛地冲进酣睡中的司令部,未损失一人就成功拿下了一个师部。第三排还从司令部的仓库里缴获了3门迫击炮、4挺重机枪和上千支步枪及很多子弹。

与此同时,教导团第一营第四连没费力气就解决了粤桂之战时被解除武装的学兵营。分两路袭击国民党广东省党部和警察分署的教导团炮兵连第二排也在未开一枪的情况下就了结了战事。

担负急袭沙河、燕塘的国民党军炮兵团这一任务的是教导团第二营第五连和炮兵连第一排,由团长李云鹏率队。教导团官兵接近炮兵团的营地时,听闻营地里传来紧急集合的哨音,遂以迅雷不及掩耳之势冲了进去。由于行动迅速,教导团在牺牲了一个连长和一个学员的情况下,结束了战斗。在清点战利品时,李云鹏发现有山炮30余门、野炮4门、重迫击炮数门,全是日本造,遂命炮兵连第一排押着炮车赶往市区支援。

教导团第二营第六连和工人赤卫队第二连部分队员负责攻打广九车站。由于驻守车站的保安队仗着武器精良进行顽抗,教导团第六连在兵力、火力上均不占优势,因此久攻不下,不得不派人向团部请求炮火支援。这时,教导团炮兵连第一排正押着缴获来的炮车往城里赶,便从中拨出一门前去支援。在接连三炮命中车站的情况下,驻守车站的敌军纷纷逃往石龙方向。教导团第六连乘势发起冲锋,占领了车站。

攻打观音山的是警卫团一部和教导团第二营。警卫团中参加起义的官兵,在团长梁秉枢的带领下,迅速地冲到观音山,解除了第一营的武装。这时,教导团第三营的队伍也开到了观音山,会同警卫团的起义官兵,于11日早上占领了这一全城制高点。

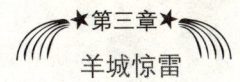
第三章 羊城惊雷

教导团工兵连在几乎未遇什么抵抗的情况下就占领了国民党的党政机关。国民党省党部、省政府、市政府、财政厅等机关都未经战斗就被起义队伍占领。教导团工兵连的同志们还在省财政厅里缴获了100多支新的德国造驳壳枪，运回指挥部后，分发给了排以上的干部。

作为广东国民党当局重要据点的公安局，是广州起义军的头号攻击目标。根据起义指挥部的预定计划，除了教导团第一营担任主攻外，工人赤卫队的第一联队和敢死队也配合向这里进攻。

凌晨4时，教导团第一营的部队向公安局进发。在他们到达公安局门前时，工人赤卫队第一联队的600余人已将这个大院包围起来。公安局内的反动警察发现起义军来攻后，来不及组织好火力，只好盲目地在黑暗中打枪。工人赤卫队组织的敢死队事先已侦察好公安局的街道地形，制定了袭击方案，几十名勇士绕道相邻的房屋，翻过围墙进入大院，将手榴弹从窗口投了进去。公安局大楼两侧敌人的惨叫声此起彼伏。在工人赤卫队同志的带领下，教导团的机枪手登上公安局对面的汉记鞋店3楼，在那里的窗口架好重机枪，并在赤卫队队长冯赞的指点下封锁公安局二、三楼的各窗口，将敌人正面的火力给压了下去。随后，起义军队伍呐喊着冲进院内，同翻墙进入的工人赤卫队会合，一起杀进公安局大楼。混乱之中，公安局内的警察们有的举手投降，有的到处乱窜，少数趁乱得以逃脱。时任公安局局长朱晖日亦趁乱跳墙逃走。

起义队伍冲进公安局大楼后，直奔拘押革命者的监狱。大批革命同志被放了出来，其中还有100余名"四一五"反革命政变时被捕的黄埔军校学生。不到半个小时，在付出很小伤亡代价的情形下，战斗取得了胜利，红旗被插上了公安局大楼。

经过一夜的战斗，广州市内除了国民党军第四军军部、军械库和第

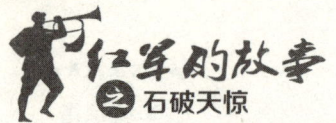

十二师后方办事处等几个难啃的据点外，国民党军的大部都已被歼灭。大半个城市的公安分局和警察署也已被扎着红领带的工人赤卫队攻占。

天亮后，原公安局大楼铁门上原有的青天白日徽记被砸掉，取而代之的是一条红色横幅，上书"中华广州苏维埃政府"。这是中国革命史上的第一个城市苏维埃政权。

上午6时，广州苏维埃政府召开第一次会议，到会的有30人左右。着军装的张太雷坐在当中主持会议。叶挺、周文雍、杨殷、恽代英、陈郁等人以及暴动前秘密选出的工农兵代表出席了会议。张太雷在

★广州苏维埃政府旧址

会上分析了国内外的形势，肯定了广州起义胜利的伟大意义，并逐条宣读了起义的政纲，获得与会者的一致通过。随后，叶挺报告军事情况，杨殷报告肃反情况，周文雍报告工人赤卫队的组织和战斗情况。

代表们对这些报告分别进行了讨论，并作出了决议，由大会通过。会议通过了三项主要决议：一是宣布广州苏维埃政府成立，发表告世界人民书；二是发动群众拥护苏维埃政权；三是迅速打通联系海陆丰的道路，与海陆丰苏维埃政权取得联系。

广州苏维埃政府成立后，继续发动群众，积极开展各项工作。其中一项主要任务是根据海陆丰的经验，建立正式的革命军队，把工人赤卫队、国民党军队中的起义兵士、释放出来的政治犯以及志愿从军的工人和农民组成工农革命军。在工农革命军中，工人和农民占了一半以上，能够使用枪械的普通工人占了大多数；志愿兵制度代替了反动的雇佣军队方式，用

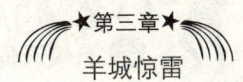

集体供给的方法满足军队的一切需要。这些措施对于广州苏维埃政府的巩固是非常重要的,也是中国共产党创建人民军队的重要开端之一。

疯狂反扑

广州城内的战斗仍在继续,新生的广州苏维埃政权面临着严峻考验。

按照预定的作战计划,负责进攻长堤第四军军部的是警卫团第三营的一个连。由于时间未协调好,城内枪声响起时,警卫团才刚刚从营地出发。设在长堤肇庆会馆内的第四军军部守军在听到枪声后,立即紧急集合,在楼顶和阳台上架起了重机枪,马路上也设置了路障。警卫团的官兵刚赶到第四军军部,即遭遇了国民党守军猛烈的火力攻击,双方一时形成对峙。随后,教导团第三营的部队也来到长堤攻打第四军军部,但由于国民党军占据高位,且火力又强,起义部队久攻不下。

起义爆发时,张发奎正在东山的豪华公馆内。听到共产党起义的消息后,张发奎立即同黄琪翔、陈公博等一起在广州商会会长邹殿邦的帮助下,乘坐电船赶到珠江南岸海幢寺,直奔第五军军部李福林处。在沿江巡视一番后,张发奎随即派人到沙面以无线电下令驻防广州以外的各部队回到广州,以镇压广州起义。在电报中,张发奎决心调驻肇庆地区的第十二师、第二十六师第七十八团,驻东江地区的第二十五师,驻顺德地区的教导第一师第一团、第二团等部,急速回防广州。

下达命令后,张发奎和黄琪翔分别登上国民党海军的"宝璧""江大"两艘炮舰,向江北岸边驶去。炮舰接近长堤时,第四军军部周围正弥漫着战火,张发奎遂下令舰上的机枪和排炮射击。这时,各帝国主义国家驻广州领事团也恐于广州起义的战火,紧急会商后决定调兵镇压,还命令停泊

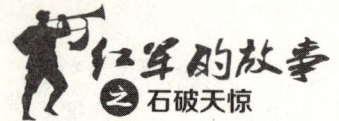

在珠江上的几艘外国军舰炮击起义军阵地,企图破坏起义军的军事行动。攻打第四军军部的起义部队遭到来自国民党炮舰和外国军舰的双重打击,处境非常艰难,遂将战况急报指挥部。叶挺、叶剑英立即下令教导团和炮兵连利用缴获来的大口径火炮狠狠还击,但由于力量有限,起义部队终究还是敌不过国民党军的强势火力。教导团和警卫连伤亡惨重,始终无法攻下第四军军部这块"极其难啃的硬骨头"。由于攻打第四军军部受挫,广州起义面临的形势很不利。

12月11日晚,张太雷召集周文雍、黄平、叶挺以及共产国际代表纽曼等人在原广州公安局的办公室开会,提出了第二天的行动方案,决定还是继续攻打长堤的第四军军部、中央银行等几个据点,同时决定第二天召开群众大会,宣传苏维埃的纲领。会上,因主张过激而被称为"暴动毛子"的苏联人纽曼坚决要求采取进攻行动,而作为军事总指挥的叶挺则神色严肃地坐在旁边,一言不发。面对共产国际代表的这种态度,大家都不好说什么。会议结束后,叶挺心情很沉重,回到办公室后,左思右想,愈发感到纽曼的进攻主张并不正确。在同军委负责人聂荣臻商量后,叶挺决定还是找张太雷研究一下第二天的行动方案。

午夜时分,张太雷召集起义指挥员再次商讨第二天的行动方案,这实际上是一次决定广州起义命运的商讨。张太雷首先讲了自己对形势的看法:敌人的力量很强大,在广州市内再打下去有困难。但是他还想继续坚持战斗下去,认为还有力量可以动员,还有胜利的希望。

紧接着,叶挺以一个军事指挥员的语气冷静地分析了形势:"从军事上看,张发奎手下的部队在广州附近有5个师,现在他们与李济深、黄绍竑的部队只是对峙,随时可以调过来。珠江南岸李福林的第五军虽说是一支土匪军,可是看到形势对他们有利,也会打过江来的。昨天起义进展顺利,

是因为张发奎他们没有防备,现在他们已经在调兵,而且近在咫尺,一旦组织起来向我军反扑,形势是很不利的。薛岳的一个师已经在市区周围,其他的部队在12日、13日两天也都会陆续到达。我们能靠得住的部队只有教导团和警卫团的一个营,怎么能顶得住?"

当时党内刚召开完八七会议,整个政治大气候是坚决反右倾。从开始筹备广州起义,大家就一直是主张进攻的态度,都号召"发动群众奋勇进攻","向敌人冲击,夺取政权"。而且,起义第一天就取得了占领广州市这样的重大胜利。这时,如果谁讲撤退,就会被视为犯右倾错误。但是,考虑到事关几千名同志的生命,叶挺并未顾虑太多,而是按照军事指挥员的要求如实说道:"我认为,最好不要在广州再坚持,连夜撤向海陆丰,同在那里由南昌起义军部分队伍改编的红二师会合,以海陆丰根据地为依托,开展长期的革命战争。"

叶挺说完后,大家都沉默了,只有张太雷低声将叶挺的发言用俄语翻译给纽曼听。这时,叶剑英和聂荣臻发言表示赞同叶挺的意见,认为应撤离广州,避开敌人的锋芒,转到乡下,保存实力。

听完张太雷的翻译,共产国际代表纽曼非常激动,强烈要求继续进攻,并以十月革命的彼得格勒起义为例,要求一要继续猛烈进攻,消灭市内残剩的敌人,二要马上召开苏维埃大会,宣布纲领,以争取更多的群众支持,争取更多的"白军"士兵起义。

纽曼的发言给会议定了调,叶挺不再讲话,其他人也都不便再提出撤退的意见。经过反复争论,会议最后决定:以教导团为基础,迅速扩建军队,把工人赤卫队和教导团编成3个师;打通与海陆丰的联络道路,组织农民队伍前来增援,打击敌人援兵;对尚未攻下的残余据点,采取军事打击与政治攻势相结合的办法,迅速予以解决。

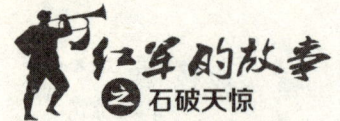

12月12日天亮后，起义军再次对第四军军部发起进攻。在副总指挥叶剑英的带领下，教导团炮兵连加强火力，以伤亡极其惨重的代价，终于攻下了第四军军部的大楼和相隔不远的中央银行。长堤的战斗虽然告一段落，但险情并未得到缓解。在起义军集中精力于此的时候，其他地方的局势严重恶化。珠江对面的李福林部正伺机而动，广州机器工会的反动武装开始分小股渡江，邻近沙基租界的西堤地段也爆发了激烈战斗。

与此同时，张发奎部3个师和驻守广州珠江南岸的李福林第五军一部，在英、美、日、法帝国主义的军舰和陆战队的支援下，从东、西、南三面向起义军发起疯狂反扑。临近中午时分，回援广州的国民党军队已经从四面接近。新编第二师第三团莫雄部从城北向观音山展开进攻；通过粤汉铁路到达城北西村车站的第五军第十六师兵分两路，一个团由陆满率领进攻观音山，另一个团逼向城西的黄沙车站；石龙方向李汉魂的第二十五师和黄埔附近的教导团第二师也开始进逼城东南；珠江南岸的李福林部在向北岸射击的同时，还伺机渡江作战。

起义军遭遇来自各方向的国民党军队的猛烈进攻，虽顽强抗击，但终寡不敌众，部分阵地被国民党军队占领。在珠江南岸李福林部的掩护下，广州机器工会的反动武装也偷偷渡江得逞，潜入广州市区活动，给起义军造成了不小的麻烦，广州起义的最高领导人张太雷就遭到了这些人的毒手。

12月12日下午2时，张太雷乘车返回军事总指挥部。汽车行驶至惠爱西路时，街道前面突然蹿出一群身着便装却手持长短枪的人。这些人看见汽车上的红旗，马上举枪射击。这些人就是广州机器工会的反动分子。在毫无防备的情况下，张太雷身中3弹，不幸身亡。张太雷的牺牲对于广州起义来说是一个重大的损失。从起义开始筹划之时，张太雷就一直是主要负责人，全盘调度和指挥着参加起义的军队、工人赤卫队、农军以及广州

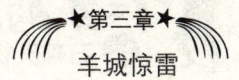

市内的干部。他的牺牲使整个广州起义顿失中心,随后广州市内的革命力量就陷入混乱状态。

国民党军队的援兵纷纷回到广州,各处的情况非常紧张,起义军民已经处于国民党军的四面包围之中。

在广州城南,珠江南岸的李福林部在外国军舰和国民党炮舰的掩护下,从发电厂一带的江堤登陆攻击。负责阻击的是工人赤卫队武装,由广州工人赤卫队副总指挥梁桂华指挥。面对军舰炮火的轰击和李福林第五军机枪的猛烈扫射,赤卫队员们根本无力还击。

在广州城东,李汉魂的第二十五师和教导第二师到达沙河一带,开始反扑。起义指挥部命令黄埔军校特务营负责阻击。从力量对比上看,总共才300余人的特务营根本无法抵挡住几千名国民党军的进攻。在与国民党军队的浴血苦战中,特务营的同志大部分都牺牲了,剩下的少数人在连长崔庸健的率领下撤出战斗。

在广州城北,国民党军队3个团的兵力被调集到广州城北的制高点观音山下,观音山形势危急。此时守卫观音山的只有教导团第一营大部分和工人赤卫队一部分。起义军民一面顽强抗击来犯之敌,一面向指挥部告急。叶挺在接到报告后,立即调派刚从第四军军部战场上撤下来的教导团第三营驰援观音山。由于敌我力量相差太过悬殊,起义军再次请求支援。在当天下午前去支援观音山的援军中,还有徐向前担任联队长的工人赤卫队第六联队。但坚持到傍晚时分,第六联队的人员在国民党军猛烈的火力攻击之下被全部打散。

战斗打得很激烈,双方均有不小的伤亡。入夜后,观音山上的枪声渐渐稀疏下来。

12月12日傍晚,叶挺和聂荣臻登上原国民党广东省财政厅的天台,观

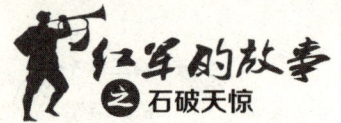

察各处的战斗情况。起义军在各个阵地全面吃紧,形势的恶化一目了然。两人研究后认为,再坚持下去只是做无谓的牺牲,应该在国民党军尚未形成完全包围之势的情况下,迅速将部队撤出广州,转向农村。

12月12日夜间,教导团的大部分和警卫团、工人赤卫队的一部分,开始向广州的东北方向突围,撤到沙河一带后,又连夜向花县前进。其他部队,包括大部分赤卫队队员,一直顽强地抗击着大批回援的国民党军队,在起义的第三天付出了重大牺牲。

12月13日,观音山阵地上,赤卫队第二联队在队长沈青的带领下,与国民党军展开了肉搏。天亮后,观音山失守。国民党军从这里直扑广州苏维埃政府所在地。在楼内避难的群众当即惨遭杀害。当天早晨,由铁路工人赤卫队守卫的城西黄沙车站被国民党军第五军的一个团占领。铁路工人赤卫队大队长李连和大多数队员在战斗中牺牲,余下30多人在肉搏战中被俘。

黄沙车站被占领后,城西的第五军大批进入市区,从后面包围了在长堤一带作战的赤卫队和教导团的一个女兵班。女兵班在班长游曦的带领下,坚守在天字码头附近的街垒里。女兵们顽强抵抗的精神也鼓舞了赤卫队的队员们,他们在近乎绝境的情况下仍坚持战斗了好几个小时。最后,除了被派去联系总指挥部的一个女兵,其他人全部壮烈牺牲。

城东红花岗,上百名赤卫队队员与兵力数倍于自身的国民党军展开恶战。在支持不住的情况下,赤卫队向东皋一带边打边撤。午后时分,这支队伍被打散,大部分队员牺牲,只有少数人逃了出来。

这时,广州城内的枪声并未停息,战斗开始转变为屠杀。一篇题为《悼广州死难的五千七百工农兵士》的文章记载:"反革命的国民党军阀李福林、张发奎、黄琪翔、朱晖日等,为保持帝国主义豪绅资产阶级的剥削

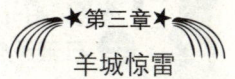

起见，竟大施屠杀，在12月14日至19日6天之中，杀死了5700多人。"

广州起义失败了！

12月13日晚，从广州撤出的教导团和警卫团一部从沙河向花县转移，随后，黄埔军校特务营的余部和部分工人赤卫队也赶上队伍。在行军途中，这支队伍击溃了反共民团的袭击，占领了花县县城。16日，队伍中的党组织在花县县立第一小学召开会议，讨论了整编队伍和今后行动的问题。最后决定，将从广州撤出的1200余人和花县农民武装的一些骨干共1400余人整编为中国工农革命军第四师，即红四师，下辖第十、第十一、第十二团三个团。第十团主要由新参军的工人和农民组成。17日，红四师举行了领导干部选举大会。经过投票，黄埔军校第四期毕业的原教导团第一营营长叶镛当选为师长，袁国平和王侃予分别当选为党代表和政治部主任。第四师后经从化、紫金等地，进至海丰、陆丰县境，加入了东江地区的革命斗争。

★广州起义纪念碑浮雕

从广州撤出的起义队伍中的另一部分，总共200余人，在突破了国民党军的包围之后，在韶关附近同朱德、陈毅率领的南昌起义部队会合，开始了在粤湘赣边艰苦转战的历程，不久之后就上了井冈山。

有一部分参加广州起义的共产党员、工人、学生撤到了广西，在中共广西省委的组织和领导下，开展群众运动和游击战争。随后，在邓小平领导的百色起义中，这部分人成了起义的一支重要力量。此外，还有一些分散撤退的起义人员，有的到达了中央革命根据地，有的则到达了琼崖、鄂

豫皖等革命根据地。他们一面参与革命根据地的各方面建设，一面继续参加武装斗争。

刑场婚礼

在广州起义殉难的烈士中，周文雍和陈铁军这对革命夫妻在起义失败后的英勇牺牲，给这段悲壮的历史增添了一抹特别的革命浪漫色彩。

1926年夏天，周文雍担任共青团广州地委书记，成为广州青年工作的总负责人。广州"四一五"反革命政变后，组织遭到严重破坏，由广东区委改称的广东省委考虑到周文雍的安全，决定将在香港机关工作的女同志陈铁军调回广州，假扮成妻子协助他工作。因革命需要而被安排在一起的周文雍和陈铁军，一直保持着纯洁的同志关系。然而在共同工作中，两人被各自身上所具有的独特气质吸引，感情日益增进，在内心都把对方视为自己的爱人，只是没有说破。起义失败后，两人分别突围。

1928年1月上旬，周文雍、陈铁军按照中共广东省委的指示，再次潜入广州，积极组织群众积蓄革命力量。

1月27日，由于叛徒告密，周文雍、陈铁军两人在拱日路的住所遭到警察的搜查，两人双双落入虎口。

由于周文雍在广州起义时亲自率队攻打过广州公安局，曾经爬墙而逃的公安局局长朱晖日提出要亲自出面审讯，以获取广州市内共产党的组织机密。刚开始，朱晖日还装出一副笑脸，对周文雍声称："按你指挥暴动的罪论处，枪毙十次都够了。不过只要你把知道的共产党组织关系都说出来，不但可以免去一死，政府还可以量才录用。"面对利诱，周文雍毫不动摇。朱晖日见此情景，马上凶相毕露，下令施刑。在经受了一系列酷刑折磨后，

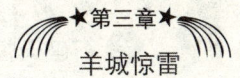

周文雍几度昏厥,但仍坚不吐实。随后,他又被架到桌子前写"自首书",然而落笔全是谴责国民党反动派并表示坚定革命信念之言。朱晖日在气恼之下只好让人把周文雍架回牢房。回到牢房后,周文雍知道自己活不久了,就用手指被钉竹签时流出的鲜血,在牢房的墙壁上写下了一首诗:

头可断,肢可折,革命精神不可灭。

壮士头颅为党落,好汉身躯为群裂。

被关押在女牢的陈铁军同她"丈夫"一样坚贞不屈,国民党当局决定公开审判和处决周文雍、陈铁军。在法庭上,法官宣读了周文雍"组织暴动,焚烧广州"的"罪状"。在宣读完死刑判决书后,法官问周文雍还有什么要求,他想了一下,回答道:"我别的什么都不需要,只要求和陈铁军同志一起照张相。"这是周文雍一直以来的心愿。在他和陈铁军假扮成夫妻后,两人逐渐萌生了爱意,曾想着照一张"夫妻合影"来对外掩护,但因工作忙一直未能实现。如今到了为革命献身的时候,也应该将埋藏在心底的爱情公布于世。在得知周文雍的要求后,陈铁军非常高兴。在那张留存于世的合影上,这对"共产夫妻"昂然并肩站立。周文雍表情严肃,大义凛然,只是由于遭受酷刑,手势有些不正常。站在他旁边的陈铁军则披着当时妇女流行的那种四五尺长的宽围巾,温柔地把头侧向自己的"丈夫"。许多看到这张照片的同志都为之深深感动。周恩来在新中国成立后的一次讲话中,曾带着怀念之情谈起此事,说这张照片表明了"他们最纯真最高尚的爱情"。

2月6日下午,广州起义结束的一个半月后,在广州市区东面的红花岗上演了周文雍、陈铁军"最纯真最高尚的爱情"中最动人的一幕。在被

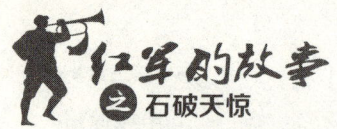

★粤剧《刑场上的婚礼》剧照

押往刑场的路上,这对革命夫妻神态自若,毫无惧色,高呼"打倒国民党""中国共产党万岁"的口号。此时,周围拥来大批围观的老百姓,陈铁军大声向人们呼喊道:"我和周文雍同志假扮夫妻,共同工作了几个月,合作得很好,也建立了深厚的感情。但是由于专心于工作,我们没有时间谈个人的感情。现在,我们要结婚了。就让国民党刽子手的枪声,作为我们结婚的礼炮吧!"牺牲时,周文雍年仅23岁,陈铁军24岁。

广州起义,是中国共产党和中国人民继南昌起义、湘赣边界秋收起义之后,对国民党反动派进行的又一次英勇反击,是在城市建立苏维埃政权的大胆尝试,在国内外都引起了很大的震动。这次起义虽然失败了,但起义军和工农群众英勇战斗、不怕牺牲的革命精神,给了中国人民以新的鼓舞,在中国人民革命斗争史上写下了光辉壮丽的一页。

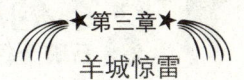

拓展阅读

徐向前(1901—1990),原名徐象谦,字子敬,山西五台永安村人。黄埔军校第一期毕业生。曾在国民军第二军第六混成旅任教导营教官、参谋、副团长。1927年在武汉中央军事政治学校任队长,同年加入中国共产党。广州起义中任工人赤卫队第六联队长。土地革命战争时期,历任工农革命军第四师第十团党代表、师参谋长、师长,中国工农红军第三十一师副师长,红一军副军长兼第一师师长。1931年起历任红四军参谋长,红四军军长,红四方面军总指挥,红军右路军总指挥,红西路军军政委员会副主席。参加了长征。抗日战争时期,任八路军第一二九师副师长。1939年起历任八路军第一纵队司令员,陕甘宁晋绥联防军副司令员兼参谋长,中国人民抗日军政大学代校长。解放战争时期,任晋冀鲁豫军区副司令员,华北军区副司令员兼第一兵团(后改为第十八兵团)司令员兼政治委员。参与指挥临汾、晋中、太原等战役。中华人民共和国成立后,任中央军事委员会总参谋长。1954年起历任人民革命军事委员会副主席,中共中央军委副主席。1955年被授予元帅军衔。1978年起任中华人民共和国国务院副总理兼国防部部长。他是第一、二、三届国防委员会副主席,第三、四届全国人民代表大会常务委员会副委员长,中共第七届中央委员,第八届中央政治局委员,第九、十届中央委员,第十一、十二届中央政治局委员。1990年9月21日在北京逝世。

叶剑英(1897—1986),原名叶宜伟,字沧白,广东梅县人。1917年

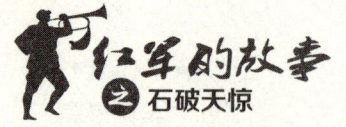

入云南讲武堂。参与筹建黄埔军校,任教授部副主任。1926年任国民革命军新编第二师师长,后任第四军参谋长。1927年加入中国共产党,参与领导广州起义。1928年赴莫斯科学习。1930年回国,先后任中央革命军事委员会委员兼总参谋部部长、红一方面军参谋长和红军学校校长,瑞金卫戍司令员,闽赣军区、福建军区司令员,军委四局局长等职务。1934年任军委第一纵队司令员。1935年起任中央纵队副司令员,第三军团参谋长,陕甘支队参谋长。参加了长征。抗日战争时期,任八路军参谋长,后在南京、武汉、长沙、桂林、重庆等地做统一战线工作。1941年任中央军委参谋长。解放战争时期,任北平"军事调处执行部"中共代表。1947年起任军委副总参谋长、军委总参谋长、北平(今北京)市市长。中华人民共和国成立后,先后任广东省人民政府主席兼广州市市长,中南军政委员会副主席,华南军区司令员,中南军区代司令员,中共中央中南局代书记等职务。1955年被授予元帅军衔。1958年任军事科学院院长。1966年任中共中央军委副主席兼秘书长。1975年任国防部部长。他是第一、二、三届国防委员会副主席,第五届全国人大常委会委员长,第八、九届中央政治局委员,第十、十一届中共中央副主席,第十至十二届中央政治局常务委员。1986年10月22日在北京逝世。

叶挺(1896—1946),原名叶为询,字希夷,号西平,广东惠州人。参与指挥南昌起义并出任前敌总指挥,参加广州起义时任起义军军事总指挥、工农红军总司令,抗日战争中又出任新四军军长。皖南事变中被国民党扣押,他拒绝蒋介石的威逼利诱,写下了著名的《囚歌》以明志;抗日战争结束后获救出狱,被中国共产党重新接纳为党员。1946年

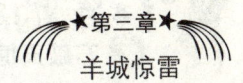

4月8日在返回延安途中,不幸遭遇空难。1989年10月14日,经中央军委确定,被冠以中国人民革命战争中的"军事家"称号。

张太雷(1898—1927),中国共产党的优秀党员,杰出的无产阶级革命家,著名的政治活动家、宣传家,中国共产党早期的重要领导人,中国共产主义青年团的创始人和青年运动的卓越领导人,广州起义的主要领导人。1927年12月12日,他在广州起义的战斗中被敌人枪击身亡,为探索中国革命道路献出了年轻的生命,成为中共历史上第一个牺牲在战斗第一线的中央委员和政治局成员。2009年9月14日,他被评为"100位为新中国成立作出突出贡献的英雄模范人物"之一。

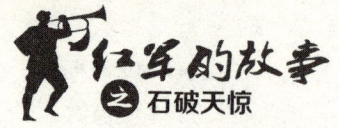

第四章　南方烽火

南国烽烟正十年，此头须向国门悬。
后死诸君多努力，捷报飞来当纸钱。

——陈毅

彭湃掀翻海陆丰

1927年蒋介石发动"四一二"反革命政变后，广东国民党军阀与蒋介石遥相呼应，于4月15日在广州开展了反革命大屠杀。随后，海陆丰地区的农民在1927年4月至10月连续发动了3次较大规模的起义，开始了武装对抗国民党反动派的斗争。其间，彭湃受党组织安排，离开海陆丰到外地工作，中间于1927年10月率南昌起义军来到海陆丰，旋即赴香港，直到同年11月第三次海陆丰起义胜利后，才经派遣返回海陆丰负责筹建海陆丰工农兵苏维埃政权。

蒋介石叛变后，国民党广东特别委员会对包括海陆丰在内的广东各地展开了"清党"行动。对于海陆丰农民自卫军，国民党广东特委一开始并不了解，以为是可以依靠的地方反共力量，是

★彭湃

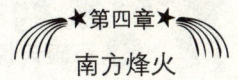

"自己人",遂发电给农民自卫军大队长吴振民,令其在海陆丰"清党"。

尽管这时中共海陆丰地委与中共广东区委联系不上,对临近各县市有何行动也不清楚,但作为中共海陆丰地委成员的吴振民接到电令后并没有乱了阵脚。吴振民和地委的其他成员一面设法稳住国民党反动派,尽量让他们推迟国民党军队进攻海陆丰的时间;一面加紧肃清境内的地主残余反动武装,壮大农民武装力量,准备在反动军队到来之前,两县同时举行武装起义。于是中共海陆丰地委以吴振民的名义回电国民党广东特委,表示"拥护清党",这就先稳住了国民党广东特委。

驻在广州的国民党广东特委自从给吴振民下了"清党"令后,就一直在等"自己人"的好消息,然而好消息没等来,反而接到了一连串农民武装加大抗击当地民团力度的报告。看着这些报告,国民党广东特委以为又是彭湃回来后的动作,于是再次电令吴振民加大"清剿"力度并把彭湃缉拿归案。吴振民看后,觉得甚是好笑,又回电一封,说彭湃是要犯,可先将其押赴惠州再作计议。就这样,在吴振民的周旋下,国民党军队原定于4月23日进攻海陆丰的行动,推迟到了5月5日。

在这十几天的时间里,中共海陆丰地委迅速与周边几县联络,了解形势后,决定于4月30日举行起义。

1927年4月30日夜,海丰县和陆丰县的农民按照中共东江特委的部署同时举行起义。海陆丰农民第一次武装起义爆发了。

在海丰,由于革命基础好,地方的反动民团已被农民自卫军消灭得差不多了,所以起义农民和暴动队并未遇到多大阻力,战斗几个小时就消灭了守城的反动武装,攻进了县城,一下子占领了国民党在海丰县城的各政权机关。在陆丰,农民自卫军训练班学员最先行动,很快占领了龙山,控制了整个陆丰县城。在战斗中,县公署的游击队接受了共产党的领导,伪

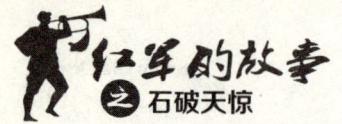

县长李秀藩被迫宣布起义。农民自卫军和暴动队趁势向海关、盐卡等掌握武装的反动机关发起进攻,迅速消灭了盐井队等反动武装。在两县行动的同时,两县所属其他各地的暴动队也向国民党区署及各捐税站发起了进攻。这次起义城乡联动,几乎席卷两县全境,夺取了两县县城,逮捕了一些国民党反动官员,打击了当地的反动武装力量。

5月1日,海丰县和陆丰县人民政府同时宣告成立,海陆丰的劳动人民建立了自己的政权。几天后,国民党反动派派来众多的正规军队,向海陆丰地区发起进攻。由于敌我力量悬殊,农民起义军抵挡不住,很快退出了海陆丰县城。海陆丰农民第一次武装起义失败了。

1927年9月,党的八七会议指示和南昌起义军南下广东的消息传到海陆丰。中共东江特委备受鼓舞,遂决定举行第二次武装起义。起义的具体计划:首先进攻敌人力量薄弱的陆丰城;其次在青坑等地扩大暴动以控制汕尾,使敌不能救援;最后进攻海丰城。

9月7日,由中共东江特委领导的海陆丰农民第二次大规模起义爆发。起义中,农民军占领了海丰、陆丰两县县城。中共东江特委领导两县先后建立了临时革命政府。

9月25日,国民党军一个团在地方保安队和民团的配合下向海陆丰反扑,农民起义武装为保存实力而主动放弃了两座县城,转移到中峒和吉石溪等根据地。这次起义虽然也失败了,但农民军在海陆丰广大农村的势力得到了巩固,反动军队不敢到农村腹地"清剿"了。

10月30日,海陆丰农民第三次武装起义爆发,南昌起义军第二十四师1300多人参加了这次起义。根据上级指示,中共东江特委将南昌起义军第二十四师整编为工农革命军第二师,董朗为师长,颜昌颐为党代表。起义的具体计划是工农革命军第二师和装备较好的农民武装去攻打县城之敌和

各区的保安队，各区的农民武装捕杀当地的土豪劣绅；作战步骤是先取乡村，后攻县城。

海丰方面，工农革命军第二师第四团第一营与公平农民自卫军乘敌退却之机一举袭占了庵村，梅陇农民自卫军占领了梅陇；东南五区农民自卫军联合大队占据汕尾，随后进攻捷胜，但未成功。

11月1日，海丰之敌退向惠州，起义军当即进占海丰城。

之后，中共东江特委派梅陇农民自卫军1万余人前往捷胜协助联合大队进攻捷胜县城，但仍攻不下。

11月18日，中共东江特委派工农革命军第二师第四团一个营前往捷胜增援。

11月19日8时，该营从北门，公平、梅陇农民自卫军从西门，联合大队从南门发起总攻。经2小时激战，歼灭守敌，占领捷胜县城。

至此，海丰全境解放。

陆丰方面，起义军首先攻占了新田、大安、金厢、湖东等区及乡，完成了对陆丰城的包围。

11月4日，工农革命军第二师一部及大安、新田、河口农民自卫军在大安完成集结后，分3路向陆丰城守敌发起进攻：东路由董朗率第二师一部，经后坡沿博美路向马街尾进攻；西路由第二师另一部与潭阳、东山的农民自卫军向霞街仔进攻；北路由谭国辉、张绍良率西北农民自卫军向新厝仔进攻。午夜后，因西路战斗提前打响，城内守敌在公馆尾集中后，经鲤鱼潭逃往碣石城。起义军赶到鲤鱼潭时，敌人已逃出包围圈。

11月5日黎明，起义军进入陆丰城。

这次起义胜利后，彭湃被党组织从香港派回，领导建立中国第一个红色政权——海陆丰工农兵苏维埃。彭湃到海陆丰后，兼任中共东江特委书

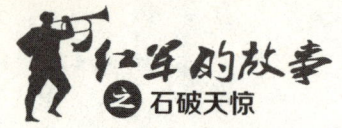

记。此时摆在他面前的有两件事：一是率领工农革命军第二师第四团扫除海陆丰残敌，巩固工农武装割据；二是积极筹备召开工农兵代表大会，建立苏维埃政权。在彭湃的努力下，11月13日至16日，陆丰全县工农兵代表大会在陆城孔庙开幕。会上，彭湃作了政治报告。最后成立了陆丰县苏维埃政府。11月18日至21日，海丰举行县工农兵代表大会，选举成立海丰县苏维埃政府。

在苏维埃政权的全盛时期，海丰管辖全县40多万人口，陆丰管辖30多万人口。中共临时中央曾在给湖南省委的指示信中，把海陆丰革命根据地作为一个样板，指示"应在湘赣边境或湖南创造一个深入土地革命的割据局面——海陆丰第二"。

但是，随之反动派纠集更多的反动军队对革命力量展开了更加残酷的反扑与镇压。

在强大敌人的进攻下，尽管参加广州起义的工农革命军第四师于1928年初来海陆丰与当地部队会合，但革命力量还是太弱，起义队伍和革命群众损失惨重。1928年2月底3月初，陆丰、海丰两县县城相继失守，海陆丰苏维埃政权失败。这一政权坚持了4个月，史称"四月政权"。之后，彭湃率领军队和农民武装，转移到惠来、普宁、潮阳3县交界处的大南山区继续斗争。1928年9月间，彭湃奉党的指示，离开大南山区，前往上海。

弋横根据地建立

蒋介石在上海发动"四一二"反革命政变后，这股反革命逆流，很快就波及江西。国民党江西省主席朱培德公开叫嚷"工农运动过火了"，"要制止"，并成立了"清党委员会"。一时间，南昌市街头巷尾出现了"欢送

共产党出境""制止工农运动"等标语。同时，在朱培德的指使下，一度销声匿迹的土豪劣绅、贪官污吏开始向工农群众反攻倒算，残杀革命者的事件不断发生。全省上下到处是白色恐怖。

方志敏根据党组织的指示，秘密潜回家乡弋阳，联络邵式平、黄道等人，恢复与整顿当地党的组织，并建立秘密的农民革命团体，筹备武装起义。很快他们就在弋阳的八区、九区和横峰的三区、五区，建立起20多个中共党支部。

★方志敏

1927年9月，中共弋阳区委和横峰区委成立，分别由方志敏、黄道任书记。与此同时，在弋阳九区近20个农民革命团又相继建立，作为发动农民群众举行武装起义的组织。

11月25日，方志敏在弋阳九区烈桥乡的窖头村主持召开了弋阳、横峰、上饶、贵溪、铅山五县党员联席会议。会议根据八七会议关于实行土地革命和武装起义的总方针，提出"深入发动工农，开展土地革命，实行武装暴动，夺取地方政权"的方针，并决定先在条件较好的弋阳、横峰两县举行起义，以农民革命团为起义的组织形态。会议还成立了由方志敏、黄道、邵式平、吴先民、方志纯等人组成的中共五县工作委员会和武装起义总指挥部，方志敏任书记兼起义总指挥。由于窖头会议的决策备受群众欢迎，农民革命团的发展异常迅速。

11月底，方志敏来到楼底蓝家村，进行广泛的革命宣传工作，组织起革命团。楼底蓝家村农民革命团团长名叫蓝长金。蓝长金学过一些武艺，力能敌两三人。楼底蓝家村地下有煤，一些农民靠挖煤谋生。蓝长金也和农友合开了一个小煤窑。当时的所谓煤窑，其实是一个仅能容一人进出的

坑洞，挖煤时必须全身赤裸，拖着煤篓爬进去，在坑洞尽头一镐一镐刨出一点煤，再装在煤篓里拖出来。这不仅挣不了多少钱，还要经常遭受地主、豪绅种种捐税的盘剥。

12月初，县衙门来了一个委员到蓝长金的煤窑强制收煤捐税，与蓝长金等人争吵了起来。那个委员仗势要打人，却被蓝长金打了一顿。被打的委员一边狼狈逃窜，一边威胁说："你们抗捐还打委员，明天我派兵来抓你们！"

第二天，县里那个挨打的委员果然带着5个税警来了。已经有准备的九区农民革命团缴了5名税警的械，拉开了武装起义的序幕。很快，楼底蓝家村的事件就到处传开了。方志敏意识到事态的严重性，便立即召开了各农民革命团的联席会议，决定举行起义，并对楼底蓝家村的革命团员们说："弟兄们！我们缴了税警的械，把他们赶出了村庄，他们一定不会就此罢休。现在我们一不做二不休，团结起来，推翻这块压在我们身上的大石头。"

几天之内，弋阳、横峰两县，到处都涌动着农民革命团。革命团在各个地区带领群众同地主恶霸斗争，烧毁田契、债约，没收地主的粮食，把他们的财产和土地分配给贫苦农民。临近的县有些地主吓得都主动跑来退回田契，归还田租。

为了扩大起义范围，起义指挥部发出各地同时行动的通知，决定各地起义队伍兵分5路向外围继续发展。弋阳、横峰的农民革命团在总指挥部的统一部署下，组成6路纵队，全面出击。不到一个月，参加起义的农民就有7万多人，纵横百余里，声势浩大，村村飘扬着红旗。

弋横起义的胜利，震惊了国民党江西省政府主席朱培德。国民党江西省政府调集国民党军第三军第八十三团进驻弋阳、横峰两县县城，并纠集

上饶、广丰、铅山、玉山、贵溪、横峰、弋阳等地靖卫团和地主武装，在铅山县的河口镇组成所谓"七县军民联合剿匪委员会"，配合国民党正规军，向弋横起义地区大举进攻；同时采取了利用农民制农民、白军伪装起义军等反革命策略。在强敌进攻下，起义指挥部所在地葛源被攻陷，革命队伍遭到严重损失，起义遭遇严重挫折。

在此关头，弋横中心县委的多位领导同志冷静地总结了失败的经验教训，果断地做出停止进攻、转移至磨盘山一带进行持久游击战的战略决策，并相应地作了部署："军事上，挑选积极分子成立土地革命军，进行游击战争；组织群众武装斗争，实行联防，打击敌人；解散农民革命团，组织贫农团和全民武装的赤卫队；加强党的支部工作；在敌人驻扎地，教育群众配合土地革命军打击敌人。"

1928年3月，起义部队有组织地转入磨盘山区，依靠群众，开展游击战争，建立了以磨盘山为中心的弋横根据地。

6月，方志敏等人领导的起义部队转入山区进行游击战争。此时，与省委的联系也开始恢复，省委派了两名特派员前来巡视工作。

6月25日，由方志敏主持，在弋阳、横峰两县交界处的磨盘山召开了两县党的干部会议。方志敏在会上详尽地分析了当前的革命形势和坚持武装斗争的利弊条件，否定了部分干部提出的将队伍拖到根据地外流动游击的意见，并且坚决地反对埋枪放弃阵地、领导人分散白区隐蔽的逃跑主义主张。大家分析了敌人的弱点，讨论如何粉碎敌人新的进攻。会议通过"坚持在根据地打游击，与群众共存亡"的方针，并相应地做出决议：一是集中兵力，由邵式平率领指挥，坚决击破敌人最弱一路；二是方志敏带领一部分武装力量，深入敌人占领的村子里去镇压反革命；三是积极准备新的根据地，派黄道到贵溪县去开辟新的根据地。

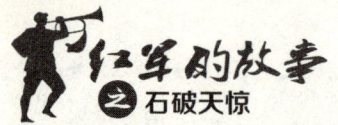

这次会议，扭转了赣东北的革命形势。邵式平带领的游击队在会后的第二天就取得了金鸡山大捷，粉碎了敌人的第一次围攻。更多的群众被发动起来，弋横根据地得到了进一步巩固，土地革命军发展为正式红军，定名为中国工农红军第二师第十四团，重新打开了革命的局面。

6月底敌人第一次围攻被粉粹之后，8月、12月及1929年4月敌人又接连发动了3次围攻。只有两连兵力的起义军，靠声东击西对零星小股敌人采取"打蛇头""剪尾子"等游击战术，深入而巧妙地开展战斗，再加上群众的密切配合，接连粉碎敌人的4次围攻。此时，部队发展到近千人，并成立了江西红军独立团。根据地也扩大到信江区域的贵溪、上饶、余江、万年、德兴、铅山等县。

方胜峰会议后，黄道按会议决定的"开辟第二根据地"的战略方针，到贵溪开展秘密工作。

1929年1月，以贵溪周坊为中心的武装起义爆发，起义持续了半年才获得胜利。

7月，贵溪县苏维埃政权建立。与此同时，上饶、铅山等地也先后爆发起义，并建立起苏维埃政权。在西线，弋阳、贵溪、余江、万年四县苏区得到扩大。在东线，横峰苏区扩大了几倍；上饶也举行了年关暴动，成立了上饶苏区。在北线，德兴苏区也有新的发展。由此，赣东北和闽北连成一片。

在弋横起义中和起义后组成的革命军队，为后来组建江西红军独立第一团和创建赣东北革命根据地奠定了坚实的基础。

发动土匪闹革命

"七一五"反革命政变后,驻吉安的国民党第三军第八师朱世贵部开始大肆屠杀共产党员和革命群众,制造了震惊江西省的"八六惨案"。吉安的革命运动由此受到重挫。

但是,共产党人并没有被吓倒。1927年9月下旬,赖经邦在老家敖上村秘密召开了党的积极分子会议。会上,赖经邦作了关于目前政治形势与党的任务的报告,介绍了目前危急的政治形势,号召共产党员在这历史转折的紧要关头,必须勇敢地站出来,带领群众与反动派作斗争。会议着重讨论了恢复和发展党的组织、恢复农民协会和建立革命武装等问题。在赖经邦等人的领导下,东固与南龙两个地区的党员成立了中共东龙支部,由赖经邦任书记。在中共东龙支部的领导下,在原来第九区农民协会的基础上,东固农民协会正式组建,农民协会积极领导农民开展抗粮、抗租、抗债、抗税的斗争,还提出农村一切行政事务由农民协会负责管理。这些举措得到广大贫苦农民的热烈拥护和支持。没过多久,整个东固地区的贫雇农几乎都加入了农协。

★赖经邦

为了更好地贯彻党的八七会议精神和上级党组织的指示,为了更加有力地开展打击土豪劣绅的斗争,赖经邦等人组建了东固地区最早的革命武装——工农革命军。这支武装开始只有19条枪,力量并不强,打起仗来更是显得捉襟见肘。为此,赖经邦决定把绿林武装——段月泉的"三点会"

引上革命之路。

段月泉出身于贫苦农民家庭。由于不堪忍受地主的欺压,他被迫加入了三点会,并当上了东固一带三点会的首领。三点会是一支农民绿林武装,以兴国东村蜈蚣山为据点,平时打着"劫富济贫"的口号活动,在邻近百里之内势力最强、影响最大。赖经邦和段月泉有着姻亲关系,他的姐姐赖观音是段月泉的亲嫂子,东龙党支部成员段蔚林又是段月泉的堂兄。

赖经邦首先派出段蔚林前往蜈蚣山协助段月泉。段蔚林很有能力,很快取得了段月泉的信任。赖经邦还经常上山与段月泉及蜈蚣山大小首领一边喝酒拉家常,一边宣传革命思想,讲解革命道理。赖经邦告诉他们:"共产党是为咱穷苦人打天下的;现在反动派力量强大,只有各革命力量联合起来,共同对付反动力量,才能打败武装到牙齿的敌人,才能实现过上好日子的愿望。"一开始,段月泉等首领存有戒心,以为东固工农革命军要吞并他的队伍,因此听到这些话只是客气地笑笑,然后端起大碗只顾喝酒。赖经邦也不介意,就转到别的话题,避免冷场。

一天,赖经邦找到段月泉,对他说:"你不肯参加我们的队伍,那我来参加你的队伍,行不行?"段月泉高兴地说:"那好哇!我们正需要你这样有文化的人。""我来可不当土匪!""不当土匪当什么?""搞革命!"接着,赖经邦对他讲明搞革命也是劫富济贫,也是为了生活、为了穷人,但革命是比劫富济贫更为彻底的办法,只有革命才能从根本上解决穷人的生活问题——得到土地。赖经邦的反复劝说,使段月泉的思想逐渐发生转变。

1927年稻收时节,持续下雨,天不放晴。国民党军铁桶似的围住蜈蚣山,还有向山上进攻的苗头。山上众人心急如焚,国民党军围攻倒不怕,只是山下家里都种了稻谷,如果不能及时收割,就会烂在田里。关键时刻,赖经邦率领一些党员和农会会员,冒着雨为山上那帮弟兄家抢收稻谷,没

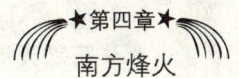

让他们家的稻谷受损。山上的弟兄们听说后,都长长地吁了一口气,都说共产党确实是为穷人做事的,赖经邦仗义,够义气。没过几天,赖经邦又来到了山上。这次,他带来了1万斤大米。这些大米是赖经邦领导农民武装刚从地主那夺来的,都是新收的。山上的弟兄们一见今冬明春的口粮不用愁了,都高兴得手舞足蹈,嘴巴也都合不拢了,首领们也感到非常欣慰,山寨里一片喜气洋洋。赖经邦只说了一句话:"你们这缺什么就跟我们说,山下总比山上好弄些。"然后就带着送粮的人下山了。段月泉等首领一直把他们送出很远,心情很久不能平静。

当晚,段月泉召集所有首领开会。段月泉回顾了与赖经邦交往的点点滴滴,也给大家讲了他在山下看到的工农革命军的情况。最后段月泉说出了自己的想法,要带弟兄们下山与赖经邦的队伍合到一处,为弟兄们摘掉"土匪"的帽子。这一想法刚说出口,会场上大家异口同声叫出了"好",一致通过。于是,段月泉率领20多人和一些枪支,下山赶往事先与赖经邦约定的接头地点——敖上村外废弃的山神庙。

快到庙门口时,借着明亮的月光,段月泉看见赖经邦早已率人候在那里。见到段月泉,赖经邦抢先上前几步,伸出大手,与段月泉的手紧紧地握到了一起。赖经邦说:"欢迎你们加入革命队伍!"段月泉也连声说:"我们终于找到家了!"两人手拉着手,就地盘腿而坐,开始讨论两支队伍合并后的革命行动和其他一系列事宜。他们越说越兴奋,完全不顾深秋夜里的寒意。不知不觉,东方露出了鱼肚白。按照既定计划,他们俩站起身来,共同率领合并后的队伍直奔邻村的一户地主劣绅家里。他们将制订好的这一袭击计划,当作新队伍的第一次磨合演练。后来,战斗也以胜利告终。

不久,段月泉就加入了中国共产党,并被任命为新组建的东固工农革命军副队长,赖经邦为队长。此后,东固工农革命军在赖经邦、段月泉的

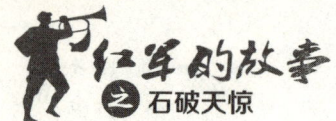

领导下,纵横驰骋,让当地土豪劣绅、恶霸地主闻风丧胆。在中共赣西特委的指示下,中共东龙支部将东固工农革命军和永(丰)吉(水)游击队合编为江西工农革命军第七纵队,赖经邦任党代表兼参谋长,吴江任纵队长,段月泉任副纵队长。同时,创建了东固革命根据地。赖经邦在后来的战斗中牺牲了,而段月泉,这位曾经的绿林好汉,则接过战友的旗帜,继续战斗。

1928年9月,在原来第七纵队的基础上,以李文林为团长的江西工农红军独立第二团成立。1929年初,以段月泉为团长的江西工农红军独立第四团也宣告成立。

毛泽东曾六上东固山,称赞红二团、红四团的领导体制,并称之为党对军队绝对领导的根本原则的雏形。毛泽东在《给林彪的信》中写道:"他们是绝对的党领导。这也可以说是帮助四军党的领导加强的原因。"毛泽东认为红二团、红四团的这一创造性经验是可以帮助红四军加强党的领导的原动力,"四军的同志见了他们(指二、四团)简直是惭愧万分"。

贺龙再次回湘西

★ 贺龙

南昌起义失败后,贺龙和周逸群由香港乘船辗转至上海,在上海的中央机关秘密寓所里会见了周恩来、李立三等中央领导人,表示要回湘西发展武装,继续革命。

1928年1月8日,中共临时中央常委会一致同意了贺龙赴湘西发展部队的请求,决定组建中共湘西北特委,在湘西北建立中国工农革命军。特委书记由正在汉口负责中共湖北省委

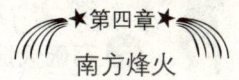

工作的郭亮担任，贺龙、周逸群、徐特立等人为委员，负责发展工农武装，开展武装斗争，建立红色政权。

2月28日，贺龙一行抵达桑植县洪家关，受到大姐贺英及乡亲们的热烈欢迎。他们立即着手发动群众，组织革命武装，准备起义的相关工作。由于大革命的失败，党在这一地区的影响力削弱，地方武装蜂起。这些队伍虽有共同对敌之心，但苦于没有统一领导，各不相属，互不相让。湘西北特委根据这一实际情况，制定了争取多数，打击少数，尽可能地把一切愿意革命的力量联合起来的政策。

特委通过贺龙写信动员和贺锦斋外出联络，在洪家关召开各路土著武装头面人物会议。由于这些人之间互不信任，有的正在火并，所以他们到达之时，都是荷枪实弹，大有一触即发之势。贺龙凭着自己的威望，命令大家："退下子弹，不要再打了，都跟我干革命！你们想，自己为什么拉队伍？还不是因为受压迫，求生存。我们的敌人是豪绅、新军阀，要把枪口对准他们，请相信我，跟共产党干革命吧。"在贺龙等人的周旋和说服下，原来各部互不信任的状况有了一定的缓和，特别是贺龙的亲朋好友都把自己的队伍集中起来，交给了贺龙。

贺龙召集亲友故旧谈话："我现在可算是共产党的人了，专为穷苦人办事的。南昌起义虽然失败了，但我们还是要革命的。愿意跟我干的，就把队伍拉过来。只有共产党才是人民的大救星，只有参加共产党的队伍，才有真正的出路，别的道路是没有的。就是砍了我的脑壳，我贺龙也要跟共产党走到底。"

贺龙讲究方法，注意策略，灵活开展统一战线工作，极大地团结和争取了地方武装。

3月下旬，经过深入细致的宣传组织工作，很快一支由土家族、白族、

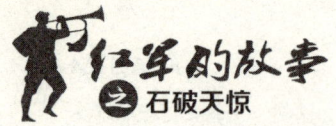

苗族等各族人民参加的工农革命军组织起来,贺龙任军长,贺锦斋任师长,下辖2个团。工农革命军的组建,为桑植起义的爆发准备了武装条件。

4月2日,桑植武装起义正式发动。工农革命军从洪家关分3路向桑植县城发起进攻。贺龙亲率中路大军经文家坯、蔡家峪、八斗溪直插县城北门;贺锦斋带领左路军由岩岗塔、风门坯、柏家冲杀向县城东门;李云卿统领右路军绕道南岔、汪家坪进至县城西门。上午11时,工农革命军向城内发起总攻。城内守敌陈策勋见势不妙,急令部属拼命抵抗,自己则逃出县城。攻打西门的部队与团防头子张东轩部经过一番激战,破入西门,杀向城中,张东轩率残部出逃。攻打东门的部队在守敌强大火力下受阻。这时,贺龙和李云卿各率部从左、右两侧突然发起攻击,不到一个小时,工农革命军就攻下了桑植县城。

4月3日,中共湘西北特委和工农革命军在县城举行庆祝大会,宣布建立中华苏维埃桑植县革命委员会,中共桑植县委亦同时建立。

起义爆发后,革命武装暴动在湘西北地区的迅速发展,极大震动了国民党反动政府。蒋介石迅速调兵遣将2万多人,从四面八方向桑植扑来,企图将工农革命军和红色政权扼杀在摇篮里。国民党第四十三军龙毓仁旅乘工农革命军进城不久立足未稳,向桑植城和洪家关发起了突然进攻。还没来得及整顿的工农革命军仓促应战,经过激战,未能抵挡敌人的进攻,桑植城和洪家关失守。敌军占领桑植县城后,继续追赶革命军,在苦竹坪双方再交战,敌军向革命军中部发起猛烈冲锋。工农革命军虽与强敌多次激战,但终因实力悬殊而失败。革命队伍被打散,贺龙、周逸群两人也被隔开。

4月底,周逸群返回石首,继续领导荆江两岸的武装斗争。贺龙则在红土坪收拢失散队伍400余人,继续在桑植、鹤峰一带开展游击战争。

第四章 南方烽火

6月25日，工农革命军乘国民党军第四十三军西撤之机返回桑植地区，贺龙指挥部队在桑植的小埠头伏击该敌后卫一个连，歼敌100多人，缴获枪100多支，以及一批银圆、物资，再占洪家关。这时，失散部队也陆续返回，贺龙旧部文南甫率军加入，工农革命军迅速恢复到1500多人。

6月30日，桑植县团防武装进袭洪家关，因敌众我寡，工农革命军迎战失利。贺龙率部随即转移至桑植罗峪休整。

8月1日，南昌起义一周年纪念大会在罗峪召开，会上贺龙宣布将部队正式改编为工农革命军第四军。贺龙任军长，恽代英任党代表，下辖一个师两个大队，贺锦斋为师长，张一鸣为党代表，全军共1500余人。

红四军成立时，部队成分复杂，思想混乱，不少人对革命认识模糊，对党的政策不满，少数人甚至还保留着脱队当山大王的思想。于是贺龙决定整训："一、原有的部队必须渐进地予以彻底改造，故加紧下级干部和士兵的训练工作，同时吸收进步的士兵为党的中坚分子；二、扩大土地革命和苏维埃政权的宣传，发动广大农民起来斗争。"军队得到整训后，在贺龙的带领下，大家积极发动群众，开展游击战争。

同时，中共湖北省委派人至宜昌，正式成立中共鄂西特委，周逸群任书记。

1929年7月，敌军向子云旅、周寒之团1000余人进犯桑植。红军诱敌于南岔渡口，迫其背水作战，聚而歼之。

7月14日，向子云亲率2000余人再犯桑植城。贺龙设下"空城计"，将红军主力撤出县城，埋伏在城北梅家山一线；另一部于西界、茅岩埋伏，阻敌增援和断其后路。敌骄兵冒进，待其全部渡河后，红军伏兵齐出，将入城之敌大部歼灭。敌跟进部队想掉头回窜，当退至慈溪河渡口时，渡船已被红军驶走，恰又逢河水陡涨，无法过河，敌兵拥挤在河滩。在红军的

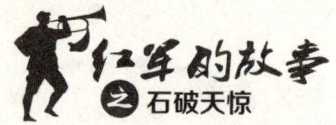

猛攻下，敌军大部投降，少数泅水逃命，还有的溺死河中。此役共歼敌近3000人，获长短枪2000余支。之后，红四军发展到4000余人，拥有3000余支枪。这也是红四军建军以来最大的一次胜利。随后，前委配合中共桑植县委和苏维埃政府率领群众打土豪、分田地，使桑植的革命斗争达到了高潮。

桑植起义是继秋收起义、湘南起义之后在湘西北爆发的又一次较大规模的武装起义。起义胜利后，起义部队在桑植地区建立了苏维埃政权，组建了工农革命军第四军，有力地牵制了敌人兵力，策应和配合了湘南、湘东武装割据和井冈山革命根据地的斗争，并初步形成了湘鄂西革命根据地工农武装割据的局面。

红旗插上海南岛

海南岛旧称琼崖，是中国第二大海岛，20世纪20年代的海南岛仍隶属广东省。大革命时期，中国共产党派遣在上海读大学的海南籍优秀青年王文明、冯平等回到海南，积极宣传马克思列宁主义，筹划建立党组织，组织农民运动。琼崖的革命活动有声有色地开展起来，还成立了中共琼崖地委，由王文明任书记。

"四一二"反革命政变后，琼崖的革命力量遭到重创，工会、农会、学生联合会和学校被解散或镇压。面对敌人的疯狂进攻，琼崖革命一时遇到了巨大困难。

1927年6月，中共广东区委派遣杨善集第二次来到海南岛，成立中共琼崖特委，加强对岛内零星武装斗争的领导工作。

9月中旬，八七会议决议传达到海南岛。中共琼崖特委根据八七会议

的精神和中央提出的在湘、鄂、赣、粤四省举行秋收起义的要求，贯彻土地革命和武装反抗国民党反动派相结合的总方针，明确了"当前的任务是组织武装，恢复农村工作，以红色政权镇压反革命的白色恐怖"。在此情况下，中共琼崖特委决定9月底举行为期一周的全琼总起义。中共琼崖特委领导琼崖工农革命军制定了总起义的具体行动部署：先扫除嘉积外围的敌人据点，然后集中力量夺取嘉积镇。为此，工农革命军总指挥部抽调琼山县革命军一个连，开赴定安县第七区与王文明率领的革命军会合，抽调乐会、万宁革命军各一个连集中到乐会县的第四区；命令琼东县革命军破坏嘉积北面的三发岭桥，准备阻击文昌、海口来援之敌；组织群众封锁通往嘉积的道路，把嘉积之敌孤立起来。同时，琼崖讨逆军被改编为琼崖工农革命军，分成东、中、西三路，并设各自的指挥部。

9月23日，全琼总起义按既定计划爆发。攻打椰子寨成为总起义中的第一战。

椰子寨，位于嘉积西南10公里处的万泉河南岸，是定安第七区和乐会第四区通往嘉积的必经之地。据说这里自古以来就盛产椰子，但交通不便。农民们为了卖掉椰子，往往赶上数十里山路，把摘下的椰子挑来这里聚集，然后装上船只，往外运输。椰子寨因此而得名。

当天，王文明率领琼山、定安革命军的2个连，在黎明前从万泉河北岸的丹村渡过万泉河，向椰子寨挺进。同时杨善集与陈永芹率领乐会、万宁革命军的2个连和数百名群众，从乐会第四区向椰子寨进军。

夜间下大雨，道路危险难行，影响了行军速度，导致杨、陈率领的队伍未能按时赶到目的地。已到达预定地点等候的王文明见杨、陈部未按预定时间到达，当机立断，率领所属革命军向椰子寨守敌发起进攻。据守在椰子寨的保安团由国民党刚刚收编的两股土匪组成，是一帮乌合之众，毫

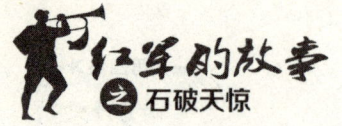

无战斗力，一部被革命军歼灭，其余溃逃。王文明率领革命军占领椰子寨。

杨善集、陈永芹所率队伍在王文明部攻占了椰子寨后才赶到。两路队伍会合后，经研究决定，王文明率部返回丹村，杨善集、陈永芹率部留在椰子寨肃清周围残敌并开展宣传工作。10公里外嘉积镇上的守敌很快得知椰子寨失守，立即纠集反动军队进行反扑，气势汹汹赶往椰子寨。杨善集、陈永芹获悉这一消息后，带队在加所坡阻击敌人。但是革命军由于经验不足和武器装备落后而陷入极为不利的境地。返回北岸丹村的王文明部因万泉河在连日大雨后河水暴涨而无法渡河增援南岸部队，眼睁睁地看着南岸部队不断损失。杨善集、陈永芹和大部分农民革命军战士都牺牲了。杨善集牺牲后，中共琼崖特委委员黄昌炜负责中共琼崖特委在琼崖东路的领导工作。

最后，南岸部队在黄昌炜的指挥下，撤回阳江市农村。北岸部队由王文明率领，返回定安县石壁一带活动。

在攻打椰子寨时，文昌、琼东、临高、儋县等地的农民武装和农民群众也先后起义。但随着椰子寨战斗的失利，海南岛总起义失败了。

11月，中共广东省委派杨殷到海南岛指导工作。在中共琼崖特委扩大会议上，杨殷全面传达了八七会议精神，要求在开展武装斗争的同时，进行土地革命，建立苏维埃政权。会议决定改组和充实特委及其他各种组织，加大斗争夺权的领导力度，并着手建立革命根据地。

11月25日，按照扩大会议的精神和部署，徐成章率东路军一个营，加上陵水地方武装共3000余人攻占了陵水县城。这是陵水县城第二次被革命群众占领。

12月16日，陵水县工农兵代表大会在县城召开，陵水县苏维埃政府宣告成立。

★第四章★
南方烽火

　　1928年1月中旬,徐成章又率领工农革命军扫除了万宁和陵水之间的民团,随即挥师南下,解放了崖县的藤桥、榆林、三亚,使万宁、陵水、崖县连成一片。

　　在东路军节节胜利的同时,中路军也攻下了文昌县城,建立了苏维埃政权。

　　琼山工农革命军消灭了塔市、羊山的反动民团,攻下云龙、潭墨等地,缴获步枪100余支。

　　冯平的西路军,在群众的配合下,攻占了定安城、临高城和黄竹等地,缴获大批武器。

　　东路军回到万宁后,配合乐会、万宁武装攻占了六连岭周围的几个市镇。

　　2月4日,东路军强攻乐会、万宁交界的分界市,东路军总指挥徐

★琼崖纵队女战士

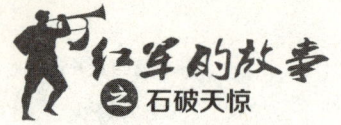

成章在战斗中牺牲。

8月12日,琼崖苏维埃政府成立,王文明当选为苏维埃政府主席,颁布了一系列政府法令。

随着革命根据地的建立和发展,工农革命军的力量不断增强。乡村中的土豪劣绅不断被打倒,其财产被分掉,剩下的人也都成了惊弓之鸟。但这些人在暗地里进行串联,组织民团,勾结国民党反动军队企图向工农革命军反扑。

这时,革命军内部也出现了叛徒,向反动军队告密,暴露了工农革命军的主力和具体作战部署。敌人迅速包围了西昌村,发起猛烈攻击。工农革命军立即组织反击。在战斗中,琼崖工农革命军总司令冯平、政治部主任符节等多名领导和骨干牺牲,西路军遭受重创。同时,中路军和东路军也遭受不同程度的损失。

6月,陵水县城失守,革命根据地的范围越来越小。敌人强大武装力量的不断"扫荡",使工农革命军无法立足,被迫移向六连岭山中。

7月,在海口的中共琼崖特委机关再次被反动军警捣毁(后于1929年5月得到重建)。重病在身的王文明被选为书记,他提议由冯白驹担任特委书记,全面主持工作。新特委在冯白驹的全面主持下,把工作重点放在农村,迅速恢复被敌人破坏的各级党团组织,实行土地革命,壮大武装力量,建立各种群众组织,准备长期斗争。

全琼总起义的爆发沉重地打击了当地的反动势力,对于革命火种的传播起到了重要的推动作用,也锻炼了革命的武装和群众。虽然起义最后失败了,但起义力量转移到农村和山区继续斗争,开辟了革命根据地,使革命红旗始终飘扬在美丽的海南岛上。

拓展阅读

彭湃（1896—1929），原名彭汉育，广东省汕尾市海丰县海城镇人。1921年加入中国社会主义青年团，1924年初由团转入中国共产党。1927年10月，在广东汕尾市海陆丰地区领导武装起义，建立了海丰、陆丰县苏维埃政府（中国第一个农村苏维埃政权）。1929年8月30日在上海龙华英勇就义。

方志敏（1899—1935），江西上饶市弋阳漆工镇湖塘村人，无产阶级革命家、政治家、军事家、杰出的农民运动领袖，土地革命战争时期闽浙（皖）赣革命根据地和红十军团的缔造者。1922年8月加入中国社会主义青年团。1924年3月转入中国共产党。1928年1月，参与领导弋横起义，创建赣东北苏区。先后任赣东北省、闽浙赣省苏维埃政府主席，红十军、红十一军政治委员，中共闽浙赣省委书记。他把马克思主义与赣东北实际相结合，创造了一整套建党、建军和建立红色政权的经验，毛泽东称之为"方志敏式"根据地。1935年被捕牺牲。2009年9月14日，他被评为"100位为新中国成立作出突出贡献的英雄模范人物"之一。

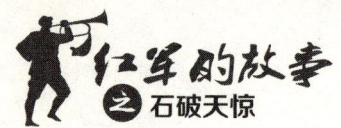

第五章　北国硝烟

正月里来是新年，陕北出了个刘志丹，

刘志丹来是清官，他带上队伍上横山，一心要共产。

——《陕北民歌》

清涧起兵举义旗

1927年8月22日深夜，随着两声沉闷的枪声，驻陕北榆林的陕北国民革命军第十一旅旅长石谦遇刺身亡。幕后黑手就是陕北国民革命军总司令井岳秀。绿林出身的石谦自32岁被井岳秀收编以来，带兵有方，作战勇敢，为人仗义，屡立战功。从排长、连长、营长、团长，一直干到旅长。石谦不断地替井岳秀招兵买马，壮大队伍。井岳秀对他很是赏识，视其为左膀右臂。那么，他这次为什么要下此毒手呢？

一个月前，井司令就向石谦发布命令，要他清除所属部队里的共产党，为此还特地写了一封信给他。信的大致内容是：我接到上面的命令，要我们立即清除军队中的共产党，请你即刻动手，不要延误。可是石谦收到信后，迟迟不肯动手。

石谦知道自己手下的李象九、谢子长等一批人都是共产党员，尽管会在自己的队伍中发展共产党的党团组织，进行马列主义宣传，但他们一直

第五章 北国硝烟

兢兢业业,任劳任怨。他们为部队招兵买马,整肃军纪,提高训练质量,为部队的发展壮大做了很大贡献。现在要杀掉李、谢等人,石谦实在不忍。若杀之,是不义;不杀,则违抗上命,是不忠。就在石谦陷于两难之际,井岳秀下手了。

石旅长遇刺身亡的消息传到清涧驻军中,部队上下一片悲愤,纷纷要求为石谦报仇。共产党员李象九、谢子长等揭露杀害石谦的主谋就是井岳秀。石谦尸骨未寒,井岳秀就下达命令,任命一向反共的营长康子祥为代理旅长。同时,授意师长高双成下令,将李象九营开赴延安改编,谢子长连从安定开赴宜川换防。这已足够证明大家的猜想和判断。此时进行部队改编和换防,意在分而歼灭这两支"赤化"了的部队。

石谦部的唐澍、李象九、谢子长等共产党人根据中共陕西省委的紧急指示,迅速召开党团员会议,认为决不能坐以待毙,应立刻发动起义。

首先发言的是唐澍,他于1927年7月受陕西省委派遣至石谦旅任党团书记,时任李象九营的军事教官。他口才很好,说话极具鼓动性。

★唐澍

唐澍说道:"我们做兵运那么久了,大家都很辛苦!现在形势危急,大家都要为石旅长报仇,正是我们起义的大好时机,接受党组织考验的时刻到了!为此,要保持队伍的纯洁性和革命性,应该立即把那些政治上反动的旧军官"清洗"掉,建立一支全部在我们党掌握下的

★谢子长

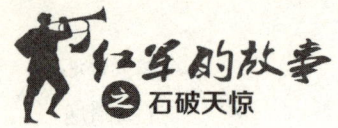

军队！"

李象九说："起义时机确实成熟了，但我们具体怎么做，还得拿出可行的方案。我想我们可以借运送石旅长灵柩回白水经过延安的机会，先派遣领款人员和护灵人员暗藏器械，埋伏城内，准备接应。然后大军轻装袭取延安，得手后，再以延安为据点，联络与井岳秀矛盾甚深的陕北高志清旅，联合攻打榆林。另外，我不同意清洗人员，他们都是值得信赖的好兄弟，不能翻脸不认人！"

唐澍则说："你们看我们掌握的第十一旅，第一营驻宜川，第二营驻延长，第三营驻清涧，非常分散，力量不集中。我们当务之急是要把分散在宜川、延长、清涧等地的部队集中起来，形成一股力量与井岳秀对抗。这是省委的明确指示，我们应该坚决执行，决不能搞个人中心主义和任何形式的封建主义！"

唐、李两人意见相左，会场陷入了沉寂。

这时谢子长小心地站了起来，长衫遮不住他瘦弱的身子，他瘦长的脸上露出了谦虚的微笑，很明显是出来打圆场了："哈哈，要是没有别的意见，是不是表决一下？唐澍同志传达的是上级组织的指示，大处着眼，考虑的是大局啊。大家再看看李象九同志的计划是不是存在一定的冒险性啊，如果真那样扶棺举义的话，是不是沾了点封建义气的色彩啊。那么同意唐澍同志意见的举手，一，二，三，四，五，好；同意象九同志意见的举手，一，二，三。还有吗？没有啦！按少数服从多数的原则，我们就按唐澍同志说的去做吧。唐澍同志、象九同志，你们认为怎么样啊？"

"我服从集体意见。"李象九站起身来，把已不能再抽的烟头狠狠朝地上一摔，走了。

为慎重起见，唐澍、李象九、谢子长等党员又开了会。会议最后决定，

故意拖延石谦的发丧日期,以争取起义的准备时间,利用"为石谦旅长报仇"的口号和借去宜川"换防"的名义举行起义。起义的领导机关——陕北军事委员会特此成立,唐澍任书记,李象九、谢子长等人为委员,并制订了起义的具体计划,即驻清涧的4个连首先起义,然后会合延川的另一个连南下,与宜川的3个连会师。同时,有代表联络驻神木县与井岳秀素有矛盾的高志清旅,约定在神木起义,共同夺取绥德、米脂,夹攻榆林,消灭井岳秀的反动武装。按照这个计划,在宜川的3个连先做好内应。

1927年10月12日,清涧起义爆发了。

当晚,李象九集合部队,宣布起义。每个士兵上臂上都系根红布条,以示区别。他们派出警戒部队,割断电话线,不准城内人员外出,四处贴海报进行起义宣传。同时查封了大商号的银柜,筹集现大洋20余万,解决了经费问题。13日黎明,起义指挥部和4个连以及200驮辎重,开出清涧城南下。当天下午部队到达延川县城,与共产党员王有才领导的一支起义连队会合。夜晚,部队乘胜向延长前进,中途截获高双成私贩的鸦片数万两和驮骡40余匹。部队到延长后,里应外合,出敌不意,一举歼灭了敌军2个连和1个营部,谢子长亲自处决了反动营长祁梅卿。此时驻宜川的敌代理旅长康子祥闻讯后,先发制人,向该县城准备起义的3个连发起围攻。双方激战一昼夜。待10月15日唐澍、李象九率部赶到宜川城下,康子祥仓皇逃跑,3支起义队伍在宜川胜利会师。附近农民纷纷赶来协助起义军,并要求参军,起义队伍发展到1700余人,长短枪1000余支,武装力量相当可观。

起义部队占领宜川后,井岳秀非常震惊,急令驻延安的高双成部围攻宜川。然而在这个紧急关头,起义军内部又发生了意见分歧。唐澍主张起义队伍应该公开举起中国共产党的旗帜,继续北上,夺取敌人兵力空虚的

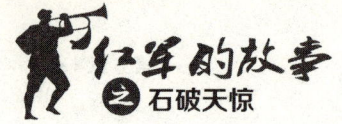

延安;同时强调要把政治上不可靠的连长、排长"清洗"掉,让可靠的共产党员接替。李象九则坚持仍用旧番号,认为必要时还可接受军阀改编;提出据守宜川,不同意北上,更不同意清除与自己关系较好的一些旧军官。李象九仍然认为:自己手下的一些排长、班长虽不同情共产党,但也不至于去陷害共产党;他们和自己一起出生入死,情同手足,自己现在若去"清洗"他们,就是不讲义气,将遭人唾骂,更没脸面对其他兄弟了!这一次,李象九没有让步。他改编了起义部队,自任旅长,任命原旅部的一名参谋为参谋长,唐澍为参谋,所属部队分编为3个营,谢子长、李瑞成、韩子丰分任营长,部队驻留宜川。

这样的整编让唐澍很不满意,他带着为党组织筹备的1500块银圆,离开了部队,秘密前往西安,向中共陕西省委请示解决办法。

当高双成部6个营包围宜川后,李象九仓促应战,损失惨重,后又急于突围,不得不向同自己有点交情的王保民旅驻地转移。王保民旅属杨虎城部,驻扎韩城。当李象九带着仅剩的谢子长一个营和韩子丰一个连到达韩城西庄镇时,1000多人的队伍只剩下300多人了。

唐澍一到西安,就向省委军委书记李子洲汇报了起义情况和领导人的分歧情况。根据这些情况,李子洲以省委的名义作出了《陕北军事行动与决议案》。决议案要求:起义部队应该联合与井岳秀矛盾最深的高志清部,从军事上打垮井岳秀,建立党在陕北的军事基础;派遣党掌握的驻临潼地区的许权中旅北上支援起义军;部队内部要克服个人意志,指定唐澍在行政上担任旅参谋长,其他重要干部任命由旅党团讨论决定。省委还派军事干部阎揆要等人和唐澍一起回宜川,加强起义部队的政治和军事工作。

唐澍和阎揆要等人在赶往宜川的途中,才获悉起义军已失守宜川,退到了韩城西庄镇。唐澍一行辗转来到韩城西庄,回归了起义部队。这次归

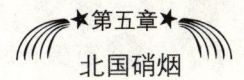

队，李象九并不像以前那么热情了。唐澍迅速在党内传达了省委指示，并按省委要求建立了教导队，阎揆要任队长。教导队加强对部队的训练，"每日黎明即起，操练士兵"。

在接下来的大约一个月里，唐澍与李象九多次沟通，但李象九仍然反对"肃清"部队，继续维护与他关系较好的旧军官。

12月中旬，唐澍发觉起义部队有被王保民缴械的可能，于是改组了军委，唐澍任书记，李象九、谢子长、阎揆要等人任委员。新军委决定在韩城再次发动起义。李象九并不同意再起义，无论唐澍等人怎么进行耐心地说服争取，都遭到了李象九的拒绝。在这样的情况下，待在韩城的危险性进一步增大，唐澍等遂以谢子长营为基础，将部队改编为西北工农革命军游击支队，唐澍任总指挥，谢子长任副总指挥，阎揆要任参谋长。他们决定带部队悄悄离开韩城，向清涧、安定一带进发，准备到那里开展游击战。李象九仍然拒绝一起撤离，留下来接受了王保民的改编。李象九部被改编为王保民部独立旅，李象九任旅长。

1928年1月初，唐澍、谢子长率领起义队伍主力向清涧、安定进发。在途中，他们轻信了"宜川城内只有敌军一个连"的传闻，贸然攻打宜川。而实际上宜川守敌有一个营还多。起义部队进攻半日不克，伤亡惨重。撤出后，起义军向西北前进。行至延川与延长交界的交口镇时，又遭一股敌人袭击。正当准备进至瓦窑堡附近，去洛河川的深山休整时，不料驻瓦窑堡之敌崇保清骑兵团跟踪而至，部队被迫又向西北转移，经安塞、保安，月底到达陕甘边界的豹子川。这时起义队伍只剩下几十个人了，而且弹尽粮绝，面对周围强敌，被迫宣布解散。唐澍、谢子长历尽千辛万苦，最后回到西安，请求陕西省委另派工作。

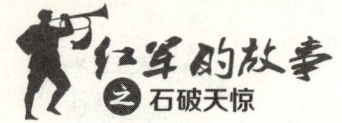

清涧起义失败了。

清涧起义是中国共产党在西北地区领导的最早反抗国民党反动派的武装行动,给西北地区的反动势力以沉重打击。虽然最后以失败告终,但影响深远,是西北地区革命力量进一步发展的前奏。

陕南渭华风暴起

陕西省渭南、华县地区位于关中东部,南接秦岭,北跨渭河,交通便利,是西安到中原的交通要道。20世纪20年代初,在一批早期共产党员的宣传动员下,马克思主义在陕西迅速传播开来。大革命时期,陕西地区的革命斗争得到了蓬勃发展。大革命失败后,冯玉祥也站到反革命一边。他先是以"礼送出境"的方式,赶走了在其军队中工作的3名苏联顾问及刘伯坚、刘志丹等共产党人。随后,他又指使陕西反动当局解散了工会组织、农民协会及其他革命团体,驱赶党团员及革命人士。

1927年8月中旬,冯玉祥为了镇压革命,统一陕西的国民军,又成立了隶属于蒋介石的以石敬亭为主席的陕西省政府,进行反共"清党"活动。中共陕西地方组织因此遭到很大的破坏,大革命时所形成的统一战线亦归于失败,白色恐怖笼罩着三秦大地。

9月26日,中共陕西省委召开省委扩大会议,纠正右倾情绪,确立了武装反抗国民党反动统治的方针,决定在陕西开展武装斗争和土地革命。同时在省委的领导下,各级党组织为渭华起义做了大量的准备工作。

★ 刘志丹

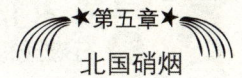

第五章 北国硝烟

1928年1月2日，中共中央在《中央致陕西省委信》中，要求陕西实行"武装暴动，推翻地主军阀统治，建立苏维埃政权"。12日，省委即决定在陕南、陕北分设特委，并把关中划分为5个暴动区，省东区即以渭南、华县为中心，包括华阴、蓝田等县。3月22日，中共陕西省委召开常委会议，决定划渭南、华县、五一、华阴、临潼为陕东暴动区，并成立中共陕东特委，由中共陕西省委常委刘继曾任书记，专门负责领导陕东五县，准备暴动。

4月1日，中共陕东特委正式成立。6日，陕东特委召开第一次扩大会议，制定了起义的纲领和计划，要求各县整顿党的组织，组织游击队，开展游击战争；发动群众进行抗粮、抗税、抗捐等反对土豪劣绅的斗争。同时，还要求在4月底尽可能地成立苏维埃政权或农协，作为组织群众和指导斗争的机关。

渭华县委为了领导农民建立武装，壮大渭华地区武装斗争的骨干力量，选派了王化民及孙敬堂等两县28名优秀党员、团员和农民积极分子，到许权中旅（许权中旅原是由大革命时期共产党员史可轩等领导的国民军联军驻陕总司令部政治保卫部直属部队和西安中山军事政治学校学员组成的）学习军事知识，领取武器。王、孙等人学习了一个月左右，携带20多支步枪，回到渭华塬上，在华县陕东特委驻地堡子底二教堂一带进行游击活动。很快，其发展成为有180余人、80余条枪，以10多个村庄为活动据点的农民武装。后来，这支武装发展成了陕东赤卫队，建立了塔山军事据点，成为渭华起义的一支重要力量。

5月1日，渭南崇凝区苏维埃政府成立，并于4日在华县高塘镇召开了群众大会，公开提出"打倒冯玉祥，三年不纳粮"的口号。

5月中旬，许权中旅开到渭华地区，与农民起义军相结合，声势更加

红军的故事 之 石破天惊

★ 许权中

壮大。

许权中旅中各级领导大多由共产党员担任，不少官兵也是共产党员或共青团员，因此这支部队实际上是中国共产党领导的军事力量。冯玉祥反共后，曾命令这支部队开赴河南，企图使它脱离共产党的领导，把它拉向反动道路，甚至把它消灭。省委当时根据情况，指示史可轩把这支部队拉出西安，摆脱冯玉祥，开赴陕北，继续坚持革命斗争。1927年7月下旬，史可轩受命率部离开西安，在向北进发至富平美原镇时，被军阀田生春杀害。许权中、高克林根据上级指示，率部折向南进，于1928年春到达摊南，被编为李虎臣部第三旅，驻在三要司一带。同年4月，陕东特委书记刘继曾赴摊南传达了中共陕西省委关于组织渭华起义的决定，要该旅扩大力量，加紧起义的准备工作。

1928年春，为了加强对许权中旅的领导，省委派刘志丹、唐澍、谢子长、廉亦民等人到许旅工作。唐澍任旅参谋长，刘志丹任司令部参谋主任，谢子长任副营长兼政治教导员。刘志丹等人到许权中旅后，在旅党委会上传达了党中央和陕西省委的指示。根据指示，旅党委选派部队中政治可靠、觉悟高、精明能干的干部和党团员，组成工作组，在部队中积极开展革命思想教育，加强军事训练，进行大量的军事动员工作。这样，就大大地加强了党在许旅的领导力量。同时，在刘志丹、唐澍、刘继曾、许权中等人的努力下，当地的农民协会恢复了发展，赤卫队建立起来，大批的革命干部和武装骨干经过培训后成长起来。

第五章
北国硝烟

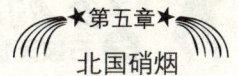

5月初,在刘志丹、唐澍、刘继曾、许权中等同志的直接领导下,以华县高塘、渭南塔山为中心,东起潼关,西到临漳、慈田,南入秦岭深山,北至渭河两岸,在方圆数百平方公里的土地上,西北工农革命军和许多支农民赤卫队,和地方苏维埃政权紧密结合在一起,同国民党反动势力、土豪劣绅、不法地主和贪官污吏展开了英勇的武装斗争。渭华地区的农民起义由此如火如荼地开展起来。

5月1日,渭南1000多名农民首先举行暴动。当天,在渭南崇凝区举行的纪念五一、反对国民党独裁统治的大会上,崇凝区苏维埃政府正式宣告成立,武装割据斗争的局面开始形成了。接着,在中共陕西省委和中共陕东特委的领导下,渭华地区的池水镇、阳郭镇、三张镇和高原镇等地也分别召开群众大会,建立了区、乡苏维埃政权,渭华起义的烈火从此点燃。

渭华地区武装斗争风起云涌。数日之后,就形成了以华县高塘、渭南塔山为中心,东至少华山,西到临潼,北接渭河,南连秦岭,约200平方公里的红色割据区域。苏维埃政权在华县和渭南等县48个区、村纷纷建立。

渭华塬上的农民起义开始后,许权中旅根据中共陕西省委的指示和旅党委的决定,在刘志丹等人的率领下,离开潼关,直奔华县高塘举行起义,许权中随后也带着警卫人员赶来。参加起义的指战员有600多人。部队到达华县瓜坡镇时,召开了军人大会,宣布起义,脱离军阀混战,改组领导机构,成立了工农革命军及军事委员会。全军战士群情激昂,举起工农革命军红旗,摘掉国民党帽徽踏在脚下,高呼:"打倒国民党!打倒国民党政府!反对军阀混战!打倒土豪劣绅!分配土地给农民!建立苏维埃政权!共产党万岁!"部队改编后即赴高塘。

5月18日,起义部队抵达华县高塘镇,被改编为西北工农革命军,成

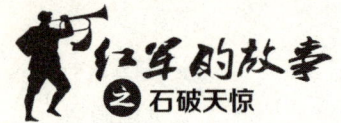

立西北军事委员会。唐澍为西北工农革命军总司令,刘志丹为西北革命军事委员会主席,刘继曾为政委,许权中任军总顾问。这样,在军中党的组织建立起来,士兵代表会议也成立了。

工农革命军与农民暴动相结合,把起义推向了高潮。在起义的中心区域内,国民党基层政权组织全部被摧毁,以一村或数村为单位的基层苏维埃政权普遍建立起来,武装赤卫队也成立了。基层苏维埃政权办起了平民学校、农民夜校和儿童团,组织群众学习文化知识和革命理论。起义地区呈现一派崭新的政治景象,革命烈火映红了天。

渭华地处豫陕交通要道,历来为兵家必争之地。党领导革命军民在这里发动起义,使敌人极为不安。冯玉祥从军阀混战中抽出身来,先后对起义地区进行了3次疯狂的"围剿"。

6月初,敌军以一个旅的兵力发动了第一次进攻。在渭南县保安团的配合下,敌军从渭南县城向东南方向进攻,企图经龙尾坡直扑陕东赤卫队塔山军事据点,但被埋伏在龙尾坡南端前沿阵地的西北工农革命军第四大队和陕东赤卫队阻击。谢子长闻讯也领兵从高塘前来增援,在桥南与敌激战。在起义军的两面夹击之下,保安团伤亡惨重,仓皇逃窜。

6月10日,敌军发动了第二次进攻。敌军田金凯的骑兵师从华县县城一带出发,直驱高塘镇,妄图袭击西北工农革命军司令部。由于当时驻防高塘的西北工农革命军夜出执行任务,对敌情侦察不力,东面之敌冲到离司令部3里远的骆驼渠时,才被哨兵发觉。在此危急时刻,总指挥唐澍率领留守人员与敌应战。激战中,西北工农革命军主力返回,与高塘驻防部队从东西两面形成对敌夹击之势,敌误以为中了埋伏,惊慌失措,丢盔卸甲,逃回华县县城。

6月19日,敌军又发动了第三次进攻。这次敌军集中了3个师的兵力,

分东、中、西3路，采取步步为营的战术，向高塘及塔山围攻，妄图一举消灭起义军民。敌众我寡，军委决定不与敌军死拼硬打，将部队撤进南山，保存有生力量。

7月1日，西北工农革命军遭到敌军5个旅兵力的重围。西北工农革命军英勇奋战，前赴后继，但因对形势估计不足，寡不敌众，2个大队几乎全军覆没，唐澍壮烈牺牲。余部200多百人血战之后突出重围，在刘志丹、刘继曾的率领下至蓝田张家坪与许权中等部会合。鉴于形势恶化，刘继曾、刘志丹主持召开军事活动分子大会，决定取消工农革命军旗帜及军事委员会，把党在军队中的组织隐蔽起来；并通过许权中的私人关系，将部队暂归友军刘文伯师。

8月，许旅在河南邓县被当地的地主武装红枪会包围，战斗失利。最后保存下来的党团员、干部等力量分散隐蔽，继续投身于革命运动中。

轰轰烈烈的渭华起义失败了。在这次起义中，西北工农革命军、陕东赤卫队的广大指战员和渭华塬上的数万农民，同当地的地主豪绅势力和国民党的反动军队进行了英勇的战斗，在陕西革命斗争史上写下了光辉的一页。

起义虽然失败了，但意义重大。它不仅在西北地区乃至全国造成了一定的革命声势，撼动了国民党反动派的统治，沉重地打击了国民党反动势力的嚣张气焰，而且极大地鼓舞了人民的革命斗志，深刻影响了广大的劳苦群众，培养了一批如刘志丹、许权中等杰出的革命干部，对陕西革命运动的进一步发展起到了重要的推动作用。

确山有个杨靖宇

大革命失败后，中共河南省委根据八七会议精神，决定"在河南发动

红军的故事 之 石破天惊

★杨靖宇雕像

工农斗争以至暴动,进行土地革命工作"。省委研究了群众基础较好的几个地区,并选定在这些地方发动起义,其中豫南地区以确山县为中心,组织农民革命军在乡村起义,对其他地方的秋收起义也作了具体部署。

1927年9月,中共豫南特委成立,王克新任书记。中共河南省委和中共豫南特委向确山派出了指导干部。中共确山县委整顿农民革命军,筹备枪支弹药,发动群众,准备举行秋收起义。

10月下旬,中共确山县委在刘店以北的吴庄召开了秋收起义预备会,对起义做出了具体周密的安排。

在预备会上,大家一致同意起义首先在群众基础较好的刘店举行,主要目标是打击和摧毁地主武装李广化所属部队。这个李广化平时横行乡里,鱼肉百姓,无恶不作,是人们痛恨的大恶霸。杨靖宇他们早就认识到,李广化这颗钉子不拔是不行的。刘店是共产党和农民革命运动的中心地区,消灭李广化部不但可以扫清农民革命军运动大本营中的障碍,还可以扩大农民起义军的声威,震慑周边的反动势力。

10月26日,天刚麻麻亮,刘店镇笼罩在一片大雾之中。镇子周围筑有土围子,建有4个寨门。土围子外,环绕着一条不宽的水渠。杨靖宇、李鸣岐带领着十几名农民起义军战士,前来攻打刘店寨子。起义军战士悄悄爬过寨门,进入岗楼,未发一枪,还在睡大觉的守寨门的团丁就成了俘虏。起义军让团丁在前面带路,悄无声息地摸到李广化团部大院外面。这院子

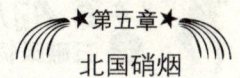

第五章
北国硝烟

确实不小,院墙有两人多高而且坚实;朱漆大门上门钉整齐,门板非常厚实;两扇大门中间门缝极小,根本无法透过门缝去看院内的情况。杨靖宇看到这些情况后,按下枪口,一边指挥起义军迅速包围大院,一边对着里边高声喊话:"里边的人听着,你们已经被包围了。打开大门,缴枪不杀!"

这一喊,把里边的人都惊动了。本来安静的院子一下子变得嘈杂起来,乱糟糟的。这个院子里边住着敌军的一个班,他们大多是土匪出身,仗着门厚墙高,负隅顽抗。有的大呼小叫瞎指挥,有的把枪架上墙头向外乱放,还有刚从被窝里爬起来的。

杨靖宇见里边的人不买账,一挥手中的盒子枪,喊了声"打","噌噌"几下便上了房顶。只见院中一个赤膊的胖家伙挥手摆臂,大呼小叫,像是在指挥。杨靖宇对着他的大肚子,抬手就是一枪,那人便扑倒在地。"我中枪了,我中枪了!"那人大哭大叫着爬向屋中,身后留下一道血迹。

趴在墙头乱放枪的两个敌兵这才发现杨靖宇,于是枪口掉向杨靖宇。杨靖宇一个"鹞子翻身",半空中扣动扳机,只见其中一人从墙头上掉了下去。另外一个敌兵见同伴被打落,吓得赶快溜下墙头,连滚带爬逃进屋里去了。

没有一个敌兵敢到院中了。这时,两个年轻的起义军战士也翻上了屋顶,站在杨靖宇两侧。杨靖宇又开始喊话,加强政治攻心。

"别说了,别说了,我们缴枪,你们不能打我们。"里边终于回了话。

"我们只要枪,不杀人!"杨靖宇坚定的口气让他们放了心。起义军缴获了近20条枪,人人都很高兴。唯一遗憾的就是没抓到李广化。原来李广化前一天晚上进城去了,侥幸逃脱了起义军的围捕。

11月3日,中共确山县委在刘店镇召开扩大会议。会议讨论通过了20条重要提案,发布了确山县革命委员会、农民革命军暂行简章和大会宣言;

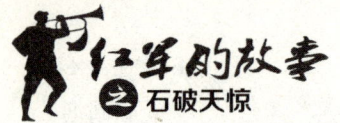

选举产生了确山县革命委员会,由7人组成。将起义队伍改编为确山农民革命军,杨靖宇任总指挥,李鸣岐任党代表,张家铎任大队长。各乡农民在共产党的带领下,纷纷对抗地主武装,夺取其武器。许多青年积极要求加入农民革命军。确山刘店的农民运动进一步轰轰烈烈地开展起来。乡村里的许多反动人物闻风丧胆,纷纷逃往县城。

刘店起义的胜利,进一步激起了当地反动势力的疯狂反扑。

农民革命军没有被胜利冲昏头脑,而是清醒地认识到敌强我弱的形势,积极备战。杨靖宇等起义军领导人经过认真分析讨论,最后确定:如果来犯敌人力量小,就消灭它;如果敌人数量多,则避免正面冲突,注意用游击战来拖耗敌人,同时扩大人民的力量。新任县长高子元和国民党西北军第三旅旅长张德枢企图以改编农民革命军之名,诱捕革命武装领导人,但这一阴谋被识破。

11月6日,国民党军调集了1000余人的兵力围攻刘店。敌人分3路来犯,乍一看杀气腾腾,但他们不清楚农民军的虚实,没有底气,离刘店还有很远就胡乱放枪,给自己壮胆。农民军这边一点动静也没有。敌人四处乱瞅,走走停停。

就在这伙敌兵接近寨门时,突然枪声大作,寨子四面围上来很多农民军。敌军一看自己陷入了包围圈,顿时阵脚大乱。杨靖宇一声令下,排枪齐发,只打得敌军人仰马翻,乱作一团。敌人见正面进攻不行,就想迂回包抄,结果又被事先埋伏在寨外的两路农民军猛击,伤亡惨重。农民革命军并不恋战,狠狠打击敌人后,便按计划主动撤出刘店,向南转移。

11月下旬,农民革命军改组成立了司令部和政治部,党组织的领导得到进一步加强。杨靖宇任工农革命军总指挥。全军被整编为4个中队,革命军力量得到了加强。杨靖宇巧妙利用当地几支地主民团武装之间的矛盾,

相继消灭了李文相、戴文甫两支地主武装,铲除了罪大恶极的确山民团头子周宪斌、任店恶霸徐二头、新安店恶霸武二毛、李新店恶霸杨静修、刘庄恶霸刘元泰、刘店恶霸李广化和张振东等人。农民革命军每到一处,开仓放粮,赈济贫民,深受贫苦百姓拥护。

11月29日,敌人又调集1500多人的兵力,对农民革命军进行疯狂"围剿"。农民革命军一面迅速组织群众疏散,一面利用王楼村附近的有利地形伏击敌人。但终因敌我力量过于悬殊,农民革命军失利。

王楼一战,中共豫南特委书记王克新中弹牺牲,总指挥杨靖宇腿部受伤,队长张家铎右臂受伤,队伍只剩下40多人,农民革命军遭受重大损失。李鸣岐、张立山、蔡训明带领剩下的人员转移到确山西北的小乐山进行整编。杨靖宇、张家铎被秘密送往驻马店医院治疗。不久,农民革命军南下信阳四望山,与另一支农民革命军队伍会合,组建豫南工农革命军,共同开辟四望山革命根据地。

确山刘店起义是在国民党反动派发动反革命政变以后,中国共产党在河南较早领导开展的一次规模较大的武装对抗反动派的行动。这次起义有力地打击了反动势力的统治,推动了河南确山以外其他地区武装革命活动的开展,在中原大地树起了武装反抗国民党反动统治的大旗。虽然在敌人的强势反扑下,农民革命军遭受重挫,被迫转移至农村地区开展游击斗争,但革命武装却因此找到了一条新的道路,即开辟农村革命根据地,为革命的最终胜利奠定了基础。

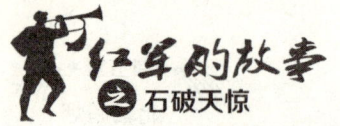

拓展阅读

刘志丹（1903—1936），名景桂，字子丹、志丹，陕西省保安县（今志丹县）金丁镇人。中国工农红军高级将领，忠诚的共产主义战士，杰出的无产阶级革命家、军事家，西北红军和西北革命根据地的主要创建人之一。1996年，他被中共中央军事委员会确定为中国人民解放军36位军事家之一。2009年9月14日，他被评为"100位为新中国成立作出突出贡献的英雄模范人物和100位新中国成立以来感动中国人物"之一。

杨靖宇（1905—1940），东北抗日联军的创建人和领导人之一。1927年4月参与领导确山农民暴动，5月转为中国共产党党员。1928年后在河南、东北等地从事秘密革命工作。1929年春赴东北，任中共抚顺特别支部书记，领导工人运动。九一八事变后，任中共哈尔滨市委书记兼满洲省委军委代理书记。1932年秋被派往南满，组建中国工农红军第三十二军南满游击队，任政治委员，创建了以磐石红石砬子为中心的游击根据地。1933年9月任东北人民革命军第一军第一独立师师长兼政治委员。1934年4月联合17支抗日武装成立抗日联合军总指挥部，任总指挥。同年11月任东北人民革命军第一军军长兼政治委员。1936年6月任东北抗日联军第一军军长兼政治委员。7月任东北抗日联军第一路军总司令兼政治委员。率部长期转战东北，有力配合了抗日战争。在

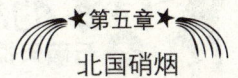

1939年秋冬季反"讨伐"作战中,他率警卫旅转战于濛江(今靖宇县)一带,最后只身与敌周旋5昼夜,以无比坚强的毅力顽强战斗,直至弹尽粮绝,壮烈牺牲,时年35岁。杨靖宇牺牲后,残忍的日军将其割头剖腹,发现他的胃里竟全是枯草、树皮和棉絮,无一粒粮食。2009年9月14日,他被评为"100位为新中国成立作出突出贡献的英雄模范人物和100位新中国成立以来感动中国人物"之一。

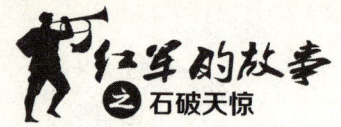

第六章　遍地星火

八月桂花遍地开，鲜红的旗帜竖呀竖起来，张灯又结彩呀，张灯又结彩呀，光辉灿烂闪出新世界。

——大别山小调

赤旗漫卷鄂豫皖

1925年冬，中共黄安、麻城两县特别支部成立。北伐军攻克武汉前后，黄、麻两县相继成立了农民协会。党的活动也由秘密走向公开，中共黄安县特别支部从七里坪迁入了县城。1927年春，中共黄安县委和中共麻城县委成立。5月，黄、麻两县的农民协会会员猛增到18万多人。

农民协会建立后，农民们组建武装，打土豪，惩恶霸，分田地，没收地主财产。农民运动如火如荼。在同地主武装的斗争中，党组织逐渐认识到建立革命武装的必要性。

1927年4月，中共湖北省委发布《农民自卫军管理条例》，指示各地迅速建立脱离生产的农民自卫军。于是黄安召开农民自卫军成立大会，组建了共有100多人的农民自卫军。接着，麻城在乘马岗农民敢死队的基础上也组建了农民自卫军。

"七一五"反革命政变后的第二天，国民党的军政人员便到黄安"清

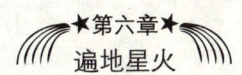

党",收编农民武装,镇压革命。中共黄安县委与之展开针锋相对的斗争,黄安农民自卫军大队长潘忠汝指出:"交枪就等于交命!"省委传来八七会议的指示精神后,黄、麻两县委员会决定公开打出共产党的旗帜,抛弃国民党旗帜,准备暴动。

1927年9月26日,黄安、麻城两县的暴动开始了,此即著名的"九月暴动"。九月暴动中,黄、麻两县的一些地主恶霸被消灭,农民取得了一些胜利,但当反动军队进驻黄安县城后,轰轰烈烈的农民运动陷入低潮。

九月暴动是在黄、麻两县委员会独立领导下,按照土地革命和武装斗争方针进行的、在大别山区首次打出共产党旗帜的革命运动。它积攒了经验,锻炼了干部和革命群众,揭开了黄麻起义的序幕。

1927年10月,湖北省委决定将"麻城、黄冈、罗田、黄安四县及河南商城",确定为暴动区域,派符向一、王志仁、吴光清、刘镇一等到黄麻地区建立中共黄麻特别区委员会,以便统一和加强领导黄、麻两县的武装起义。

11月3日,中共黄麻特委召开黄、麻两县党团活动分子会议,决定:以两县的农民自卫军为骨干,群众武装配合,首先夺取黄安县城,建立革命政权和革命军队;加紧训练黄安潘家河、阮家店、箭厂河等地的义勇队和麻城乘马岗、顺河集的农民,加大打击土豪劣绅的力度;巩固和发展黄麻党团组织,党团机关设在七里坪,省代表留驻七里坪;麻城工作归黄安党委领导。

★黄麻起义会议遗址

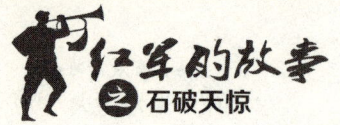

11月11日，黄麻特委召开第二次会议，决定于13日发动武装起义，夺取黄安县城，并成立黄麻起义行动总指挥部，潘忠汝为总指挥，吴光浩为副总指挥。

11月13日，黄麻起义开始了。在潘忠汝的指挥下，从下午开始，参加攻城的农民自卫军和农民义勇队共计2万多人，按部署向七里坪集结。晚10时，潘忠汝一声令下，攻城队伍向黄安县城进发。14日凌晨，突击队战士把长梯靠上城墙，灵活地攀援而上，轻松占领了城墙制高点。其他攻城人员有的用大树撞击城门，有的用铁铲、钢锹挖城墙脚。枪声大作，喊杀声震天。最先攻进城的70多名突击战士，与事先混进城的尖刀班相互配合，夺占了北城门。城门一开，大部队一下子就拥进了黄安县城。农民军攻取了黄安县城，活捉伪县长贺守忠。同时，农民军打开监狱，释放了被捕的农民协会干部和革命群众。革命的红旗在黄安县城城头上高高飘扬。黄麻起义胜利了。

黄麻起义的胜利，使武汉的反动当局惶惶不可终日，当地国民党中央社惊呼："黄安自被农民占据，其势比前更加蔓延。组织工农政府，大倡土地革命，贫苦农民附从者已达膨胀。"于是，起义后不久，国民党军便开始一轮又一轮的疯狂反扑。

11月14日下午，起义军得知敌人一个团前来攻城。潘忠汝经过认真分析后，为避敌锋芒，主动撤回七里坪。敌军进城后，害怕起义军反攻，于15日晚仓皇弃城逃走。16日，起义军再度进城。

11月18日，在黄安县城南门外校场岗黄安各区农民代表参加的大会上，农民政府宣告成立。紧接着，黄、麻两县农民自卫军举行了隆重的阅兵仪式，建立起中国工农革命军鄂东军。黄安农民自卫军被编为第一路，潘忠汝任总指挥兼第一路司令；麻城农民自卫军被编为第二路，吴光浩为

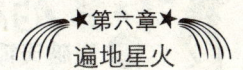

副总指挥兼第二路司令。

黄安县农民政府成立后，县中、北、西乡均通电拥护农民政府和鄂东军，但是南乡八里湾、东乡永家河等地反革命势力猖獗，他们除利用民团、红枪会等反动武装直接与农民军对抗外，还散布谣言，迷惑群众。为了打击敌人，巩固和扩大农民起义的胜利成果，潘忠汝奉命率领由手持快枪的70多名战士组成的驳壳队和宣传队前往南乡。他们还带着黄安农民政府的布告、宣言、标语等多种宣传品。在与红枪会交战时，大批农民手持扁担、长矛等武器前来支援鄂东军。红枪会被击溃，农民乘机举行暴动。南乡的革命形势一下子扭转过来了。

11月27日，黄安反动势力勾结驻河南的国民党军秦敬忠部400余人，进犯黄安县城。潘忠汝率鄂东军一部，在八里湾歼敌百余人，将其击退。

12月5日，驻河南的国民党军任应岐教导师取道宋埠、尹家河突袭黄安县城。鄂东军对敌情估计不足，据城固守，结果伤亡严重，被迫突围。潘忠汝率领战士们冲出重围时，腹部被敌人一颗子弹击中，顿时血流如注，肠子都流出来了。潘忠汝推开冲上来救他的同志，用一只手托着流出来的肠子，强忍剧痛，继续指挥战斗。后来，战士们抬着他从北门杀出一条血路，冲出城外，但他终因流血过多而牺牲。潘忠汝牺牲前，还不忘嘱托战友把队伍带到七里坪集合，要保存发展好这支革命武装。刚刚解放21天的黄安县城陷落了。在强大敌人的进攻下，黄麻地区的党组织和革命武装遭到严重破坏，很多领导人遇害，革命武装也只剩下从黄安县城里突围出来的少数战士。

12月下旬，当地党组织和吴光浩、戴克敏、曹学楷等鄂东军部分领导人在黄安北乡木城寨举行会议，决定留吴焕先等人在当地坚持开展游击斗争。吴光浩等人带领大部分人转移到黄陂北部木兰山开展游击斗争。

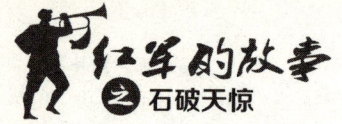

1928年1月1日，鄂东军在木兰山被改编为中国工农革命军第七军，吴光浩任军长，戴克敏任党代表。3月上旬，为对付国民党军的围攻，第七军被编为4个短枪队，采用"昼伏夜动，远袭近止，绕南进北，声东击西"的战术，分散游击于孝感、黄冈、罗田、黄安、麻城等县。

1928年4月，国民党军发生内讧，工农革命军第七军乘机返回黄麻地区。后经一年多艰苦转战，到1929年5月，以柴山堡为中心，纵横50余公里的鄂豫皖苏区初步建成。

黄麻起义是中国共产党在鄂豫皖领导的大规模起义，它与后来的商南起义、六霍起义并称为鄂豫皖地区三大武装起义。它所创建的苏区，成为后来鄂豫皖苏区的重要组成部分。黄麻起义的领导者和参加者中很多人后来成为新中国的将星，其中有大将2人（王树声、徐海东），上将6人，中将7人，少将12人。

八闽大地燃烈火

平和县位于福建省南部山区，早在土地革命战争时期，平和县人民就在党组织、苏维埃政权的带领下开展了轰轰烈烈的革命斗争活动。

1927年9月，中共闽南特委根据党中央的指示，决定在革命基础较好的平和、上杭、龙岩、永定县开展武装斗争，实行武装暴动和土地革命。9月中旬，平和县第一次党代表大会召开，会议成立了中共平和县委，同时又成立了平和县农民协会，朱积垒任书记兼会长，朱思为秘书长，下辖5个支部，并通过了农会的有关章程和会旗。平和县委同时抽调30多名青壮年农民组成一支农民自卫军。临时县委研究决定，以长乐为中心，推动各乡镇农民运动，大力发展农会组织，开展"五减"（减租、减息、减捐、减

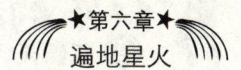

税、减役）运动，秘密发展党的组织，收集枪支弹药，准备武装起义。

1927年12月，中共福建临时省委成立，罗明为主要负责人，主抓建立农民武装、开展土地革命和武装暴动工作。12月下旬，罗明召集朱积垒等人开会，向他们进一步说明秋收起义的情况，要求朱积垒以长乐为中心，积极领导农民开展减租减息斗争，形成以农村包围县城的局面。会议决定，在各方面条件比较具备的平和地区首先发动暴动。会后，朱积垒等人立即分头行动，发动各乡农会积极组建农民自卫军。

1928年2月12日，朱积垒召开县委会和县农代会，会议决定在离县城较远、农运基础较好而又地处闽粤边陲的长乐乡，建立领导全县农民运动的中心据点，作出创建工农革命军、举行武装暴动的决议。与会人员经讨论后决定：全体武装与豪绅对抗，组建福建工农革命军独立第一团，公推朱积垒为团长；农会废除青天白日旗，改换红色旗。这是八闽大地第一次公开打出共产党的旗帜，组建人民军队，独立领导武装斗争。

2月24日，朱积垒再次召开县委各支部和县农会联席会议，专门研究武装起义问题。会议认为，受广东革命的影响，农民的反抗情绪日益高涨，多数要求武装起义，发起起义的时机已经成熟。会议进一步商定了起义的相关事项。

正当起义工作紧张筹备之时，从县城又传来两个情报：一是省委派来帮助武装起义的两名干部，在夜宿客店时被捕；二是敌人严刑拷打被捕同志，他们宁死不屈，敌人准备于3月9日枪杀他们。情况紧急，朱积垒立即召开暴动委员会会议，决定于3月8日举行暴动，并制定了"声东击西，引敌出城"的作战方案和兵分三路进攻县城的计划。

3月7日，为实施"声东击西，引敌出城"的战略，王炳春先带领部分农军，到县城东北的崎岭乡打土豪，诱使县城之敌分兵出城。然后回师配

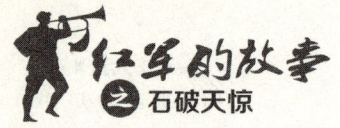

合西、北两路军攻城。杨文元另带领小分队，在夜间化装潜入县城以作内应。

3月7日下午，长乐乡工农革命军5个大队和邻乡的农军共近2000人，集中在长乐举行誓师大会。随后队伍分为东、西、北三路，分别攻击3个城门。朱积垒率各路暴动队伍向县城挺进。

当天晚上，天降大雨，但队伍仍按时抵达各预定阵地。西路军长乐3个大队和饶平步枪队等，由朱积垒、陈彩芹率领，路经九峰上坪村和上坪自卫军中队会合后，按时到达城西山垄埋伏。北路军秀峰乡等几个大队，由副总指挥罗育才率领也按时到达出击地点。东路军崎岭几个大队由朱思率领，先在崎岭打土豪，再连夜赶到城东策应。

3月8日凌晨，天刚蒙蒙亮，总指挥朱积垒拔出左轮枪，"啪"的一声，发出了总攻的信号。只听得冲锋号声、土炮声、铁桶中的鞭炮声、枪声、叫喊声连成一片，响彻整个平和县山城，震撼闽西南的崇山峻岭。被惊醒的敌县长，慌乱中赶忙指挥保安队和警卫队，仓皇应战，凭借城墙等有利地形进行顽强抵抗。这时，和突击队、步枪队在一起的朱积垒根据地形，再次组织火力，掩护突击队和步枪队攻城。战斗中，先后有多名战士牺牲。朱积垒见状后勇敢地冲到前面，向城楼上用力扔去一颗手榴弹。在爆炸声和滚滚浓烟中，战士们奋勇冲上了城楼，被吓蒙了的敌军四下逃窜。

率先攻上城楼的战士打开城门，工农革命军的大队人马，有如决堤潮水般势不

★平和起义纪念馆

112

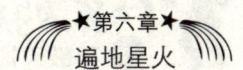

可当地拥进城内，继续追击逃敌。这时，北路军也攻进县城，两路军会合后向县衙冲击。原先潜入县城的杨文元小分队，带领着战士们冲向县衙监狱，救出农友20多人，还放出70多位被反动县衙关押的"犯人"。在县衙门口，朱积垒命令红旗手把红旗插上城楼。绣有"福建工农革命军独立第一团"大字的旗帜上，金黄色的五角星和斧头、镰刀，熠熠生辉。此次起义，工农革命军毙敌数十人，并没收了几家大土豪劣绅的财产分给贫苦群众。大家欢欣鼓舞，兴高采烈。

溃逃的敌人发现农军装备很差，子弹不足，火药枪不少被雨水淋湿，便纠集附近各乡的联防队向县城进行反扑。起义队伍顽强抗击，但鸟枪、土炮的火药因被雨淋湿，失去作用。在起义军火力难继的情况下，朱积垒和战友们商量后，认为攻破县城、救出战友、扩大影响的目的已达到，为保存有生力量，决定在饶平农军的配合下，主动撤回长乐乡。

平和起义大大震惊了国民党福建省政府。起义后不久，国民党军张贞派重兵对平和地区进行疯狂反扑。

3月11日，张贞从漳州先派一个营的兵力进抵县城，洗劫了朱积垒、朱思等人的家乡。3月16日至6月12日，国民党军先后4次"进剿"长乐地区，兵力一次比一次多，后又增派一个团到平和，最后一次纠集1000多人，分6路进攻长乐乡，多次对红色区域进行残酷"围剿"和洗劫。斗争非常残酷，中共平和县委组织农军和民众英勇反击，但是因敌我力量悬殊，起义军伤亡惨重，朱积垒和陈彩芹、朱思等人商讨后决定以山区为依托，工农革命军分成几个分队，转到饶和埔边区开展游击战争，形成割据局面，建立苏维埃政权，进行土地革命。

7月，中共平和县委根据中共福建省委和闽西特委的指示，将参加平和起义的工农革命武装改编为中国工农红军平和县独立营和特务营，继续开

展武装斗争。

平和起义爆发后,同年3月后田暴动在龙岩爆发,5月永定暴动自湖雷爆发,6月上杭蛟洋暴动爆发。在闽西出现的大片暴动局面,为创造一县或几县割据区域创造了条件。

以朱积垒为首的中共平和临时县委,积极贯彻党的八七会议精神,在福建省委的具体指导下,有组织、有纲领、有目的地领导农民发起的攻城暴动,是闽粤边数县农民武装的一次联合行动,是全省第一次规模较大的武装起义。它不仅创建了福建省第一支中国共产党领导下的革命武装,拉开了福建各地暴动的序幕,而且对平和及其附近各县的武装斗争、土地革命和根据地建设都起了重大的推动作用,开创了福建的共产党组织独立领导武装斗争的新时期。尽管起义的预期目的未完全达到,但共产党人和农民武装的英勇斗争精神,鼓舞了福建人民反抗国民党反动统治的勇气,唤起了他们的觉悟,提高了他们对党的认识,使他们认识到武装斗争和土地革命的必要性。这次起义,在福建人民革命斗争史上写下了光辉的一页。

横刀立马彭将军

平江地处湖南省东北角汨罗江上游、罗霄山脉北段,是湘鄂赣三省来往的要道,乃兵家必争之地。平江县境内多山,地形复杂,有利于开展游击战争。平江有着悠久的革命传统。早在建党之初,毛泽东就亲自培养和发展了平江县的第一批党员。

1928年3月,中共平江县委发动数万农军攻打平江县城,虽被敌人镇压下去,但是极大地打击了反动派的嚣张气焰。

1928年6月,随着湘鄂赣边区农民武装斗争的不断发展,国民党反动

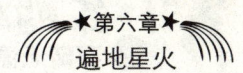

派也加紧了对边区的"清剿"。为了镇压平江的工农革命,军阀何键增调独立第五师第一、第二、第三团,先后由南县、华容、安乡地区进驻平江。彭德怀时任该师的第一团团长。

独立第五师第一团内有党的支部,直属中共南华安特委领导,彭德怀任党支部书记。邓萍、黄公略、贺国中、黄纯一、李灿等共产党员控制了第一团的主要部队和第三团一部,并组织士兵会、举办随营学校,从而为平江起义打下了良好的思想和组织基础。

第一团党组织在士兵中建立有"秘密士兵会"。士兵会制定章程,反对打骂士兵,加强士兵的团结,并向广大士兵进行革命教育。士兵会的这些主张和活动得到了士兵们的普遍拥护,很快把广大士兵团结起来了。彭德怀举办随营学校,就是为了保护和培养革命力量,其招收的学员有很多是被反动派追捕的共产党员、农会干部和工农积极分子。随营学校每期吸收1/3的秘密士兵会会员,并在另两个团中发展力量,计划以一团为核心,当情况有利时,争取全师起义。

7月17日,中共湖南省委发出了在必要时举行起义的指示。18日中午,正在二营巡视的彭德怀得知中共南华安特委机关被破坏,黄公略以部队名义给共产党员开具的通行证落入敌手后,当即决定下午回县城。在返回县城时,又截获师长周磐发给副师长李慧根的密电,密电内容是立即逮捕共产党员黄公略、黄纯一、贺国中3人。与此同时,时任湘鄂赣边特委书记的滕代远也接到湖南省委通知:"独立第五师党的情况有所暴露,立即策动暴动,以争主动。"

7月18日晚,彭德怀约集党员,以看望黄纯一的病情为名,与滕代远一起到县立医院黄纯一的病室秘密开会。与会同志经过讨论,最后决定以闹饷为名,在7月22日下午,乘敌午睡时举行起义。

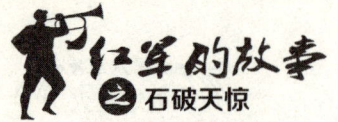

7月20日晚,彭德怀、滕代远等人再次召开会议,检查了起义的准备工作,决定起义后立即打出镰刀斧头红旗,定部队番号为中国工农红军第五军。

7月22日,在彭德怀、滕代远的领导下,独立第五师第一团在平江宣布起义。上午10时,彭德怀在团部召开了驻在县城和城郊的第一、第三营的排以上军官会议。会上,他宣布团部要实行士兵委员会章程,为工人农民服务,建立工农革命政府和工农红军,同时对不执行士兵会章程的连排长停职考察,再由该营、连士兵委员会推选适当的人任代理连、排长,报告营、团部备案。这一措施,扫除了举行起义最后的障碍,大家异常高兴,立即分头行动。

中午时分,盛暑烈日之下,第一团的800名战士,全副武装,颈系红带,精神振奋地集合在平江县城东门外第一营驻地——天岳书院操场上,誓师起义。士兵委员会总代表李灿宣布起义,彭德怀作了动员讲话。全体官兵一致响应起义并进行了宣誓。最后,彭德怀拔出手枪,往空中一举,对士兵们命令道:"装好子弹,准备出发!"

按照预定计划,李灿率领第一营攻打平江城内国民党县党部、县政府、县监狱和县挨户团;黄纯一率领第三营消灭独立国民党军第五师师部及其特务连,并派出部队在县城北门外担任警戒,以保证城内起义胜利完成。平江县城内敌军此时午睡正酣,李灿率领第一营直捣县政府,以迅雷不及掩耳之势,很快解决了保安队哨兵和警察局的武装,占领了县政府,活捉了县长兼"清乡"委员会主任刘作柱、警察局局长黄夕度等反动分子;解除了看守人员的武装,打开监狱,救出被关押的中共党员和革命群众;冲进"清乡"队住处,活捉了"清乡"队长,"清乡"队士兵则放下武器投降。黄纯一则率领第三营,缴了师特务连的器械,除副师长、师参谋长逃

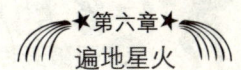

跑，训练处长躲入密室未被发现外，其余反动军官全部被俘。不到两个小时，起义部队就解除城内敌人共2000余人的武装，起义部队顺利地占领了平江县城。

起义爆发之前，彭德怀已向平江周边共产党所掌控的武装力量发出信函，要求在起义当天各路人马都会合于平江县城。22日上午，驻在思村的第一团第二营官兵接到彭德怀的电话，要求他们撤回平江城。当日中午，营长陈鹏飞召集全营训话。下午4时，第二营从驻地开回平江县城，起义指挥部组织了热烈的欢迎仪式，还给每位士兵发了饷银，欢迎他们参加到起义的行列中。

随营学校校长贺国中接到彭德怀的信后，带领随营学校全副武装的500多名师生从岳阳驻地开往平江。7月22日下午，当他们到达离平江县城30多公里的浯口镇时，平江县城起义的消息传来，贺国中当机立断，集合全体学员宣布起义，并连夜急行军，于23日安全抵达平江县城。起义指挥部对他们的到来表示热烈欢迎，并对学员作了妥善安排。至此，所有参加起义的部队已胜利会师于平江。

这次起义，共缴获敌军步枪近千支，子弹约百万发，俘虏200余人，救出监狱内的革命群众1000余人。

7月23日，团党委召开全体会议。黄公略汇报了第三团第三营起义后叛变的情况，检讨了自己。彭德怀对这件事也进行了分析，着重讲到要发动士兵"清洗"不可靠的军官。吸取第三团第三营叛变的教训，会议决定，加强士兵会的领导，继续发动士兵群众选举军官；实行士兵自治，官兵平等，待遇一样。

7月24日，士兵委员会在团部召开联席会议，宣布成立中国工农红军第五军，选举彭德怀为红五军军长兼第十三师师长，邓萍任参谋长，下辖3

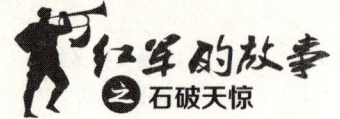

个团。会议通过了实行党代表制,团以上建立政治部,保证部队革命化等决议。滕代远为红五军党代表,李灿、黄公略、黄纯一分别为3个团的党代表。调整了营、连等各级干部,健全了编制和各种组织机构。部队被整编后,第一、第四、第七团分别向平江的东、南、北3个方向发展,并与邻县邻省取得联系,建立湘鄂赣边界革命根据地,进而与红四军取得联系,割据罗霄山脉。

平江起义的胜利震惊了国民党反动派,也打乱了敌人"清乡""剿共"的部署,时任国民党湖南省政府主席的鲁涤平寝食难安,急调朱耀华等3个师10多个团的兵力,在地主武装的配合下,分5路向平江城扑来。彭德怀立即召开会议,决定利用城郊周围的有利地形,先歼灭敌人2个团,然后撤出平江县城,有计划地向赣南等地发展。彭德怀等人经过认真讨论,认为如果红五军始终在平江孤军奋战,很容易被敌人消灭,只有到井冈山与红四军会合,才能有效地抵抗敌人,保存红五军实力,巩固并发展井冈山革命根据地。

红五军主力于是采取灵活的游击战术,欲南先北,翻山越岭,跨过数十条湍急的河流,经过了平江、修水、万载、萍乡、莲花等县,击退敌军的围追堵截,经过无数的艰难险阻,行程数千里,终于在12月上旬进抵莲花县,在九都与毛泽东、朱德派来接应的部队会合。

平江起义是一次较大规模的武装起义,其

★彭德怀雕像

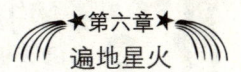

创建的中国工农红军第五军,有力地推动了湘鄂赣边界革命斗争的发展,为创建湘鄂赣革命根据地奠定了基础,也为井冈山革命根据地和中央革命根据地的创建和发展做出了重大贡献。

右江两岸战旗红

1929年春,蒋、桂军阀混战,桂军失败,桂系军阀李宗仁、白崇禧、黄绍竑被迫下野,俞作柏担任广西省政府主席,李明瑞担任广西绥靖主任。俞、李二人想扩大个人势力,极力表示进步,要求我党派干部到他们的部队和地方政权中工作。当时,邓小平作为党中央代表来到南宁,同俞作柏接洽。党中央又派贺昌、张云逸、叶季壮、李谦、冯达飞、袁任远等一批共产党员来到广西,和广西地方党组织会合,由邓小平负责领导。他们通过各种社会关系,分别到俞作柏和李明瑞的政府机关和军队里进行革命活动。有的被派到左、右江一带工作,发展革命力量。邓小平经常深入工农群众之中,不知疲倦地工作。

张云逸到南宁会见俞作柏后,俞作柏了解到他北伐时曾任国民革命军第四军的师参谋长,就聘请他担任广西教导总队总队长。不久,又聘请他兼任广西警备第四大队大队长。同时,俞作柏又委派自己的弟弟俞作豫(共产党员)担任广西警备第五大队大队长。我党利用这一有利条件,把一批共产党员安插到军队里,分别担任连、排长和军事、政治教官。在短短的一个多月里,我党又发展了300多名新党员,从而顺利地掌握了部分军队的领导权。

9月,中共广西省第二次代表大会在南宁郊区津头村秘密召开。邓小平参加了大会,作了重要讲话;党中央委员贺昌向代表们传达了中国共产党

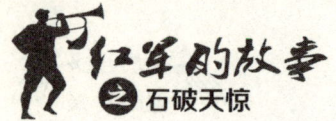

第六次全国代表大会的精神。经过讨论，会议通过了《政治议决案》等文件，确定当时党的主要行动纲领是"准备武装暴动夺取政权"。同时，决定派一部分同志到左、右江一带工作，壮大农军，建立中共右江特委。

9月底，俞作柏和李明瑞决定出兵反对蒋介石。后由于部下的反叛，不战而败。我党即决定把已掌握的部队开赴左、右江。俞作豫率领广西警备第五大队开赴左江龙州；邓小平率领党委机关，并将南宁军械库贮存的武器、弹药分装到10多只船上，由水路溯右江而上；张云逸率领广西教导总队和警备第四大队由陆路开赴百色。从此，党的工作转为公开。

百色是右江上游的重镇，扼云、贵两省的交通要道，依山傍水，地形险要。百色周围各县，是深受阶级压迫和民族压迫的广西壮族人民的聚居地，有很好的群众基础。韦拔群等人在右江和红水河一带领导壮、汉、瑶、苗各族农民武装，长期坚持斗争，使这里始终保持着革命的大好形势。同时，以百色为中心的右江地区，又是敌人力量比较薄弱的地方，没有正规军，只有一些民团和土匪队伍。因此，这里是我党开展武装斗争，建立革命根据地的好地方。

邓小平和张云逸到达百色后，住在粤东会馆。10月间，邓小平在百色主持召开了部队党委会议，通过了几项决议：公开在部队和群众中宣传党的主张，发动群众；整顿和补充部队，"清洗"反革命分子；在军队中建立士兵委员会，发扬民主，反对军阀制度，实行官兵平等；组织和武装群众，在有工作基础的地方，通过地方党组织，发放枪支，开展打土豪斗争；等等。会后，各项工作开展得十分顺利。部队整顿之后，战士们分散到各地，帮助群众打击土豪劣绅，收缴他们的武器，没收他们的财产。在部队和地方党组织的共同努力下，群众的革命热情日益高涨，纷纷报名参军，部队迅速扩大，并为武装起义作了物质准备。

★第六章★
遍地星火

★百色起义纪念馆

11月初,党中央批准了百色起义的计划,决定于12月11日(广州起义两周年纪念日)在百色举行武装起义,创建红军和右江革命根据地,由邓小平担任中共前敌委员会书记。

12月11日清晨,百色城头飘扬着红旗,部队的指战员们系着红领带,雄赳赳地集合在军部前面的广场上。大会宣布中国工农红军第七军光荣诞生,由邓小平任政委,张云逸任军长。全场欢声雷动,锣鼓喧天。红七军下辖3个纵队,约5000人。

百色起义的同日,右江第一届工农兵代表大会在恩隆县平马镇开幕。会议选举产生了右江工农民主政府,雷经天当选为右江工农民主政府主席,韦拔群、陈洪涛、韦玉梅等当选为委员。当天,几万人的庆祝大会在平马举行,热烈庆祝红七军和右江工农民主政府的诞生。

随着右江工农民主政府的建立,百色、奉议、恩隆、东兰、凤山、凌云、思林、果德、恩阳、向都、镇结等县,都先后建立了工农民主政府,当时全国较大的红色区域之一——右江革命根据地由此在广西西部

创建起来。

百色起义的革命风暴使桂系军阀惊慌失措，他们急忙调集军队，向右江进攻。为了避免消耗，红七军主动转移到东兰、凤山一线。面对当时的紧急形势，中共前敌委员会在凤山县的盘阳召开了紧急会议，决定红七军第一、二纵队去桂黔边游击，留第三纵队保卫右江革命根据地。

1930年4月，红七军从东兰、凤山出发，经河池等县到达贵州省荔波县的板寨，决定袭击贵州军阀王家烈的老巢榕江县城。在苗族同胞的帮助下，战士们越过崇山峻岭，一举攻克了榕江县城，歼敌600多，并缴获了许多枪支弹药和军需品，还有大炮和电台。这是红七军建军以来打的第一个大胜仗。

榕江战役胜利后，红七军迅速回师右江，击溃了进犯百色的敌人，再度解放了百色县城。接着，部队横扫右江各县残敌，革命的红旗又高高飘扬在右江两岸。

为了满足广大农民对土地的迫切要求，从1930年夏天起，在邓小平的指导下，右江革命根据地开展了轰轰烈烈的土地革命。土地革命的开展，打击了封建势力，解放了农村生产力，从而出现了根据地一天天扩大，红军和赤卫队一天天壮大的大好局面。

中国共产党十分重视军队的建设。部队实行了政委制，纵队设立了政治部，党支部建立在连队上，保证了党对军队的绝对领导。在军队中广泛实行军事民主，各纵队和连队普遍建立了士兵委员会，废除了旧军阀制度，实行官兵平等。第二次解放百色县城以后，红七军在平马集中整训时，邓小平亲自给干部、战士们讲课，提高了部队的政治素质。随后，红七军主力奉命离开右江革命根据地，去攻打柳州、桂林和广州等大城市，但均失败。

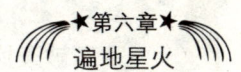

1930年11月，红七军在河池被整编为第十九、二十、二十一师3个师，除韦拔群率领第二十一师少数同志坚持右江革命根据地的斗争外，全军离开右江。后来，红七军转战湘桂边界，在实践中逐步纠正了攻打中心城市的错误路线，转向毛泽东领导的中央革命根据地，与中央红军会合，成为中央红军的一部分。

红七军到达中央革命根据地后，毛泽东特地到红七军军部看望大家。后来，为表彰红七军的战斗功勋，毛泽东代表中华苏维埃共和国临时中央政府，授给红七军"转战千里"的锦旗一面。

百色起义的领导者和参加者中有很多人后来都成为新中国的开国将领，其中有大将张云逸，上将韦国清、李天佑，中将莫文骅，少将朱鹤云、欧致富、黄新友、覃士冕、覃国翰等。

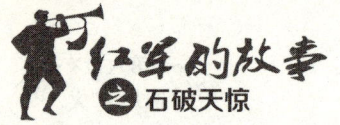

拓展阅读

彭德怀（1898—1974），湖南湘潭人。1916年入湘军。1922年考入湖南陆军军官讲武堂，毕业后在湘军任营长、团长。参加了北伐战争。1928年加入中国共产党，同年参加领导平江起义。土地革命战争时期，先后任中国工农红军第五军军长，红三军团总指挥及军团前委书记，中央革命军事委员会副主席，东方军司令员，陕甘支队司令员，红一方面军司令员，中国人民红军抗日先锋军司令员，西方野战军司令员兼政治委员。参加了长征。抗日战争时期，先后任八路军副总指挥（后改称第十八集团军，任副总司令员），中共北方局书记，中央革命军事委员会副主席兼总参谋长。解放战争时期，先后任西北野战军司令员，第一野战军司令员兼政治委员，中国人民解放军副总司令，中共中央西北局第一书记。中华人民共和国成立后，先后任中央人民政府革命军事委员会副主席，西北军政委员会主席，西北军区司令员，中共中央西北局第一书记，中国人民解放军副总司令，中国人民志愿军司令员兼政治委员，中华人民共和国国务院副总理兼国防部部长。1955年被授予元帅军衔。他是第一、二届国防委员会副主席，中共第六、七、八届中央政治局委员。